Evelyn Grill

Das römische Licht

Roman

Residenz Verlag

Mit freundlicher Unterstützung des Landes Oberösterreich

Bibliografische Information der Deutschen Bibliothek
Die Deutsche Bibliothek verzeichnet diese Publikation in der Deutschen Nationalbibliografie; detaillierte bibliografische Daten sind im Internet über http://dnb.ddb.de abrufbar.

www.residenzverlag.at

Coverentwurf: Franz Riebenbauer
Umschlagbild: Grant Faint/gettyimages
Typografische Gestaltung, Satz: Ekke Wolf, typic.at
Gesamtherstellung: CPI Moravia Books

ISBN 978-3-7017-1503-9

Evelyn Grill Das römische Licht

1

Gestern erst hier angekommen, kaum den Koffer ausgepackt, das Bett bezogen, das Bad in Besitz genommen, mich aus dem Fenster gelehnt, mich am Ausblick erfreut, eine Nacht verbracht, geschlafen trotz des Lärms, gut geschlafen; gestern erst das Atelier in Augenschein genommen, voll Hoffnung und Zuversicht gewesen und heute schon ein Anruf. Ich hätte ihn überhören können, hätte nicht da sein müssen, war ja auch gerade am Weggehen, war aber eben noch nicht weg. Wenn ich doch schon weg gewesen wäre, vielleicht hätte sie mich auch das nächste Mal nicht erreicht. Da wäre ich im Bad gewesen, unter der Dusche, oder im Bett, tief im Schlaf, oder ich hätte mir vorgenommen, keinen Anruf entgegenzunehmen. Aber das habe ich noch nie ausgehalten. Natürlich würde ich den Hörer abnehmen, es könnte ja mein Agent sein oder ein Galerist. Eigentlich interessierten mich nur Ausstellungsmacher. Ich hatte vor, hier in Rom keinerlei private Kontakte zu pflegen, keine Zeit mit persönlichen Dingen zu verschwenden. Habe deshalb niemandem meine Telefon-Nummer gegeben. Doch meine Schwester, sie hat sie herausgefunden.

So schnell läßt man nicht alles stehen und liegen, was stellt sie sich vor! Wer weiß, wann ich wieder nach Rom komme, ob ich je wieder Gelegenheit haben werde, ob ich jemals wieder ein Stipendium erhalte. Ich bin hier, um zu malen, ich bin eine Künstlerin, sagte ich zu meiner Schwester. Wenn du das noch nicht wissen solltest, ich bin in Rom, um Anregungen für meine Bilder zu bekommen, ich bitte dich, nimm das zur Kenntnis. Am Ende muß ich etwas vorlegen können, meine Geldgeber verlangen von mir etwas Vorzeigbares, eine Ausstellung meiner neuen, während meines Aufenthalts in Rom geschaffenen Arbeiten ist vorzubereiten, Werke, die ich erst schaffen muß. Meine Arbeit duldet keine Unterbrechung; denn wer nach Rom kommt und sich einbildet, Form zu haben, der wird, wenn er einsichtig ist, bald finden, daß er von neuem lernen muß zu sehen.

Ich verstehe dich, hörte ich meine Schwester sagen, natürlich verstehe ich dich. Aber ich verstehe dich auch nicht. Ich würde alles liegen- und stehenlassen, wenn ich eine solche Nachricht bekäme, ich würde vom anderen Ende der Welt nach Hause kommen, würde mich vor den Schuldgefühlen fürchten, wenn ich zu spät käme.

Schuldgefühle, weshalb Schuldgefühle! Ich empörte mich. Bin ich daran schuld, daß sie im Koma liegt? Ich verstand das Drängen nicht. Lisa sagte doch, daß sie nicht bei Bewußtsein sei, daß sie gar nichts mehr wahrnehme, daß es noch lange dauern könne, ich aber brauche diese zwei Monate. Es seien ja ohnehin nur zwei Monate, die man mir zugestehe, es handle sich ohnehin nur um acht Wochen, die aber müsse ich nützen, dafür hätte die Mutter sicher Verständnis gehabt. Sie hat sich selbst auch ihre Freiheiten herausgenommen, ob Lisa sich nicht mehr erinnere, die Freiheiten, die sich unsere Mutter immer herausgenommen habe? Wir haben ihr ja auch ihre Freiheiten gelassen, wir haben sie ziehen lassen, immer haben wir sie ziehen lassen.

Darauf könne man doch jetzt nicht zurückkommen. In dieser Situation, sagte meine Schwester, sei eine solche Aufrechnung unmenschlich, unter diesen Umständen, in dieser Lage …

In dieser Lage, ja, vor allem in dieser Lage sei es doch sinnvoller, gab ich meiner Schwester zu bedenken, sich erst an ihrem Bett einzufinden, sobald sie erwacht sei aus ihrem Schlaf, ihrer Ohnmacht. Was nütze es ihr, wenn wir jetzt neben ihr sitzen? Was helfe es ihr, mich von Rom aufzuscheuchen?

Das sind doch keine Fragen, die sich jetzt stellen, unterbrach mich Lisa, darum geht es doch nicht.

Worum geht es dann? Mir geht es darum, daß ich in einer geradezu obsessiven Arbeitsphase stecke. Das war Behauptung und gleichzeitig Wunschdenken. Weißt du, was du von mir verlangst? Endlich sei ich in Rom, jahrelang hätte ich mich um ein Rom-Stipendium beworben, immer vergeblich, endlich sei es mir gelungen, die Jury zu überzeugen, und man erwarte viel von mir; das jedenfalls hatten mir die Juroren, hochkarätige Kunstkenner, zu verstehen gegeben. Für morgen zum Beispiel habe ich mir die Vatikanischen Museen vorgenommen, stell dir vor, in meinem Alter zum ersten Mal in die Vatikanischen Museen. Raffaels Stanzen wollte ich studieren. Ich darf keine Zeit verlieren, heute bin ich bereits über den Gianicolo gewandert, in Trastevere bin ich heruntergekommen. In dem Moment, in dem es klingelte, bin ich gerade erst zur Tür herein, log ich. Ein Licht ist das, das römische Licht! Das könne sich Lisa gar nicht vorstellen, was das für mich bedeute, welche Anregungen. Was für andere Maler das Licht der Provence gewesen sei und noch ist, sei für mich das römische Licht. Es ist ein feuchtes Licht, nicht so trocken wie das der Provence, das provenzalische Licht ist hart und trocken, das römische ist feucht und weich. Dieses feuchte und weiche römische Licht hat etwas Haptisches, man glaubt, es mit Händen greifen, auf die Leinwand werfen zu können. Das kommt meiner Malerei entgegen, jetzt, da ich mich wieder dem Gegenstand zugewandt habe, mich mit der Figur beschäftige. Ich will wieder zu denken anfangen beim Malen, verstehst du, Bilder, die Geschichten erzählen, sollen hier entstehen. Das geballte Barock, diese Sinnlichkeit und Grausamkeit, die mich in Rom umgeben! Sobald ich die Augen aufschlage, sehe ich die kolossalste und brutalste Schönheit. Ich wußte es vom ersten Tag an, seit ich hier ankam, schon als ich an der Stazione Termini dem Zug entstiegen bin, wußte ich, daß ich für mich den Gegenstand in der Malerei neu finden würde. Es ist ja nicht nur das Licht hier, es ist auch der Geruch. Das Licht hat auch einen Geruch, einen Duft, der mich nicht zur Ruhe kommen läßt, der Duft und das Licht. Ich weiß, sagte ich, mein Künstlerdasein ist von der Familie, auch von unserer Mutter, nie wirklich ernst genommen worden. Sonst würdest du mir nicht zumuten, meine Chance, meine vielleicht letzte Gelegenheit, als Malerin hervorzutreten, aufzugeben, Rom zu verlassen, Rom, diesen Kontinent, denn Rom sei ein Erdteil, nicht nur eine Stadt, gerade jetzt zu verlassen, das hieße für mich, alles aufgeben. Ich schwieg. Lisa sagte nichts, ich hörte sie atmen. Natürlich liebe ich meine Mutter, schrie ich in den Telefonhörer, was für eine Frage!

Warum brüllst du denn so, fragte die Schwester, warum schreist du mir etwas ins Ohr, was ich nie in Frage gestellt habe. Über deine Gefühle mußt du mir keinerlei Rechenschaft ablegen. Das hast du allein mit dir auszumachen. Allerdings sitze sie, Lisa, beinahe den ganzen Tag am Krankenbett, streichle die Bewegungslose, spreche mit ihr. Manchmal zucke es um die Mundwinkel der Mutter, manchmal bewege sich ein Lid. Sie wolle den Moment nicht versäumen, wenn die Mutter ihre Augen wieder aufschlägt, wenn die Maschinen endlich abgestellt werden können, die sie nun am Leben erhielten, und das könne jederzeit sein, ein Aufwachen sei jeden Augenblick möglich. Sie erwarte von mir, daß ich an ihrer Seite bin, wenn die Mutter die Augen wieder aufschlägt, das müsse mir doch auch selbst ein Bedürfnis, ein Verlangen sein, das Gesicht der Mutter zu sehen, wenn sie wieder zu sich kommt, sich ihre Lider wieder heben, der Mund wieder lächelt, die Augen wieder strahlen. Denn, davon sei Lisa überzeugt, das werde bald geschehen, das könne jederzeit eintreten. Die Ärzte hätten ihr Hoffnung gemacht. Wir sind es ihr schuldig, bei ihr zu sein, sagte Lisa, wenn unsere Mutter wieder zum Leben erwacht, noch einmal zur Welt kommt.

Ich wunderte mich. Ich sagte, ich wundere mich, daß du sagst, wir sollten zur Stelle sein, wir, ihre beiden Töchter, die sie verlassen hat, seinerzeit, weißt du noch, das weißt du doch noch, wegen eines anderen Mannes. Wir hätten sie noch gebraucht, weiß Gott, wie wir sie gebraucht hätten, aber immer ist sie auf und davon, wenn wir sie gebraucht hätten. Darunter hast du doch auch gelitten, sagte ich der Schwester, und jetzt macht sie sich wieder davon, läßt uns wieder zurück, schrie ich, schon wieder, und wir, wir sollen ihr nachlaufen, und sie, ist sie uns je nachgelaufen?

Warum brüllst du denn schon wieder? Es hat keinen Sinn, weiterzureden, sagte meine Schwester, du bist so entsetzlich, so grausam, deine Stimme ist so hart, ich kann dich nicht ertragen. Dich nicht auch noch ertragen. Ich mache jetzt Schluß.

Die Verbindung war abgebrochen, ich hatte noch den Hörer am Ohr. Ich legte auf. Nahm ihn wieder hoch, legte wieder auf. Es hatte keinen Sinn. Ich konnte mich nicht verständlich machen, ich war es leid, mich verständlich machen zu müssen. Immer habe ich mich erklären müssen, dachte ich, aber nie habe ich etwas klarmachen können in dieser Familie. Was hatte ich mit dieser Familie noch zu tun? Wann hatte ich meine Schwester zuletzt gesehen? Ich überlegte. Vor zwei Jahren bei der Firmung des ältesten Sohnes wahrscheinlich.

Ich ballte die Fäuste, stand auf, trat ans Fenster des Ateliers, meines Ateliers, lichtdurchflutet, Nordlicht, wie ich es mir immer gewünscht hatte. Ich beugte mich aus dem Fenster, in der schmalen Gasse drängten sich die Menschen, lautes Stimmengewirr, krachende Mofas, Straßenmusikanten, *Bésame Mucho,* immer wieder *Bésame Mucho*, ein Lärm, wie ich ihn zu Hause niemals ausgehalten hätte. Hier in Rom hatte auch das Spektakel eine Farbe.

Kaum angekommen, kaum angefangen, mich hier einzuleben, und schon berauscht und zuversichtlich, dachte ich. Das Telefon, ohne das Telefon hätte mich die Nachricht nicht erreicht, ich wäre unerreichbar gewesen, zumindest für heute, für morgen, für die nächste Woche. Die Schwester hätte mir einen Brief schreiben müssen, einen Brief nach Rom, wochenlang wäre der möglicherweise unterwegs gewesen. Ein Brief kann einen nicht so überrumpeln wie ein Telefongespräch. Man ist seinen Ohren ausgeliefert, was ins Ohr hineinkommt, breitet sich aus im ganzen Körper, windet sich durch die Ganglien des Gehirns, strömt durch die Adern, bedrängt das Herz, drückt auf den Magen, das bringst du nicht mehr so schnell aus dir heraus. Da kannst du deine Augen aufreißen, durch die Via di Tor Millina gehen und auf die Piazza Navona, kannst dich hinstellen auf diesen Platz und glücklich sein wollen beim Anblick der Brunnen, der Farben, des Lichts. Nach einer solchen Nachricht kannst du das nicht mehr. Was fühlte ich denn? Ich war entsetzt, alles in mir zitterte, das Herz, der Magen, das Gedärm, alles in mir meldete sich in seiner lebendigen Existenz. Das Lebendige war das Bedrohliche. Dann wurde ich wütend. Wütend auf die Schwester, auf die Mutter, auf ihre Zumutungen! Ich mußte diesen Anruf vergessen, durfte mir nichts vorstellen. Ich kannte diese Stadt nicht, war zum ersten Mal in Rom, ich mußte erst anfangen, sie zu entdecken. Ich hatte mir so viel vorgenommen für heute, es drängte mich in die Chiesa di San Luigi dei Francesi mit den drei Gemälden von Caravaggio, den schönsten, die er in Rom gemalt hat.

Ich überquerte die Piazza Navona, ich überschritt sie, über solche Plätze läßt sich noch schreiten, obwohl er voll war von Menschen, in der Mehrzahl Touristen, überall geschmeidige Kellner. Gestern noch hatte ich dieses Treiben geliebt. Hatte mich gefühlt, als schwämme ich in einem Strom, zugehörig und angenommen. *Queste belle ragazze!* Dieser Schick! Die Italienerinnen führten vor, was nächstes Jahr bei uns getragen werden würde, aber natürlich nicht mit der gleichen *bella figura*. Ich fürchtete plötzlich, ich könnte nach der Nachricht, dieser Hiobsbotschaft, nicht mehr in meinen Ankunftszustand zurückfinden, der mir einen kreativen Schub anzukündigen schien, ich würde nicht mehr aufgehen können im Menschenstrom, der mich gestern noch mit Energie aufgeladen hatte. Ich spürte, wie ich auf einmal nicht mehr teilhatte an der geschäftigen Lebendigkeit der Passanten. Unvermittelt hatte ich eine Mutter, die jenseits der Alpen im Koma lag. Sah man es? Sah man es mir an? Es quälte mich einen Augenblick lang die Vorstellung, die Menschen, denen ich begegnete, die Männerblicke, die mich flüchtig streiften, entdeckten ein Zeichen auf meiner Stirn. Phantastereien, schalt ich mich. Das war der Schock. Natürlich hatte ich einen Schock. Eine Mutter, die plötzlich im Koma lag, war ein Schock. Aber ich mußte da durch. Vielleicht würde sich die Schreckenspost für meine Arbeit nutzen lassen. Das war frivol gedacht, dennoch: Ich wollte wieder leicht werden, so leicht, so unbeschwert, wie ich war, als ich hier ankam. Alles schien so gut, so richtig, so passend und wohltuend. Ich hatte Lisa gesagt, daß ich nicht kommen könne, hatte ich es so gesagt? Hatte ich es auch deutlich gemacht? Ich hoffte, die Schwester hatte mich verstanden und würde nicht mehr anrufen, würde mich zur Ruhe kommen lassen. In ein paar Tagen würde ich sicherlich zurückgefunden haben in meine Ankunftsgefühle und in mein Entzücken am römischen Licht, meine Zuversicht würde wiedererwachen. Die Leinwand im Atelier war aufgespannt, die Farben, die Pinsel, alles stand bereit, ich wartete darauf, daß sich etwas in mir begab, wartete darauf, daß *die sanfte, selige Macht*, wie Anselm Feuerbach aus Rom an seine Mutter geschrieben hatte, mir die Hand führte. Nur noch ein paar Tage gelassenes Schauen, mehr brauchte ich nicht. Neben der Tür der Chiesa di San Luigi dei Francesi hockte eine Bettlerin mit einem Kind an der Brust und streckte mir die gehöhlte Hand entgegen: *Signora, Signora, per favore!* Wie kalt ich an der Gestalt vorbeiging, sie paßte nicht in meinen Kosmos. Rasch in die Kirche. Eine plötzliche Stille. Der *rumore* ausgesperrt. Das Kircheninnere wirkte auf mich kühl, frostiger Marmor. Ich suchte die Cappella Contarelli. Warf Münzen in den Automaten, der Licht aufflammen ließ. Wie viele Münzen würde ich brauchen, um mich an den drei Caravaggios satt gesehen zu haben? Ich werde wiederkommen, sagte ich mir nach einer Weile, als es zum dritten Mal dunkel geworden war. Ich fröstelte, ich dachte an meine Mutter, nein, ich dachte nicht an sie, sie fiel mir ein, fiel in mich ein. Das Dunkel, schnell hinaus auf den Corso. Die Berufung des hl. Matthias. Du bist gemeint, deutete der

Arm, der Finger. Ja, du! Ich? Ich? Ja, du. Ich werde gerufen. Caravaggio hat das Bild für mich, gegen mich gemalt, auch für mich, auch gegen mich. Unsinn, ich schüttelte mich. Versuchte, mir die Mutter nicht vorzustellen, ein Bild drängte sich mir trotzdem auf. Ich wollte mir nichts vorstellen, denn alle Vorstellungen waren falsch, sie erzeugten nur ein falsches Grauen.

Wann habe ich meine Mutter zuletzt gesehen? Vor einem Jahr, vor einem halben? Sie hatte in meiner Stadt eine Lesung. Die Plakate waren gut verteilt. Das Gesicht meiner Mutter fremd von den Litfaßsäulen. Sie hat Erfolg, endlich hat sie Erfolg, es hat sich gelohnt, uns zu verlassen, dachte ich damals bitter und haßte mich wegen meiner Bitterkeit. Dieses Kapitel glaubte ich heute abgeschlossen, diese Episode, mehr war es ja nicht, hatte ich längst überwunden, dachte ich. Natürlich ging ich zu der Lesung. Ich brauchte nicht allein zu gehen, ich motivierte Peter, meinen Freund und Berufskollegen, mitzukommen. Er zeigte sich sehr interessiert, meine Mutter kennenzulernen. Sie hatte mir eine Einladung geschickt, auch einen Brief dazu, daß sie sich freue … die Tochter endlich … und zu einem Gespräch … wie es mir gehe … wir hätten uns aus den Augen verloren. Ich erinnerte mich, daß ich lachte, böse oder bitter, als ich den Brief las. Nein, böse, ich wollte nicht verbittert erscheinen, Verlierer waren verbittert, die Zu-kurz-Gekommenen, zu ihnen wollte ich nicht gehören. Aber böse, ja, das war eine Qualität, mit der noch etwas zu gewinnen war, Respekt, Erfolg.

Der große Kinosaal war ziemlich voll, ich weiß noch, daß ich sogar ein wenig Stolz verspürte, ein töchterliches Gefühl, ich war die Tochter, ich stand ihr näher als sie alle, die sie der immer noch gutaussehenden, eleganten Frau zuhörten. Es ist *meine* Mutter. Das dachte ich, als ich neben Peter saß, dem meine Mutter Eindruck machte, das merkte ich, es tut noch weh, daran zu denken, daß ich so dachte. Ich hatte kaum Gelegenheit, die Mutter vor ihrem Auftritt zu begrüßen, konnte ihr natürlich auch meinen Begleiter nicht vorstellen, sie war verschwunden, wurde erst auf die Bühne gerufen, als die einleitenden, rühmenden Worte gesprochen waren. Wir saßen in der ersten Reihe. Ich sah die Mutter auftreten. Gewandt und doch unsicher, ich kannte sie zu gut, um nicht auch ihre Anspannung zu spüren. Es gibt Leute, die behaupten, ich sähe meiner Mutter ähnlich, das finden vor allem jene, die meinen Vater nicht kennen. Ich gleiche beiden, ich habe die Gesichter der Eltern studiert. Mein Gesicht als Kippfigur. An diesem Abend wollte ich ihr ähneln, ich wollte erkannt sein vom Publikum, wollte vorgestellt werden: Meine Tochter Xenia, sie ist Künstlerin, sie malt. Wollte von meiner Mutter eine Künstlerin genannt werden. War ich immer noch so unsicher, brauchte ich immer noch ihre Bestätigung? Ja, ich brauchte ihre Beglaubigung, ich hatte ihre Anerkennung nötig, ich brauchte aber auch Ausstellungen. Noch konnte ich von meiner Kunst nicht leben, das wußte meine Mutter wahrscheinlich, oder vielleicht wußte sie es nicht, sie hatte nie danach gefragt, ich lebte wie sie vom Schreiben anstatt vom Malen. Ich besprach Ausstellungen für die Lokalzeitung, machte Gutachten für Museen, für Auktionshäuser, schrieb für den Rundfunk, machte Führungen durch Kunsthäuser, gab Malkurse an der Volkshochschule, war flexibel. Manchmal verkaufte ich ein Bild. Öfter eine kleine Grafik. Auch Zeichnungen, von denen ich mich manchmal schwer trennte. Immerhin hatte ich es so weit gebracht, daß sich mein Zahnarzt die Überkronung eines Backenzahns mit zwei Grafiken bezahlen ließ. Und auch mein Friseur liebte meine Aquarelle.

Die Mutter las aus ihrem neuen Roman. Ich spürte die Aufmerksamkeit im Publikum, das intensive Zuhören. Schön, dachte ich, das muß schön sein, Menschen so fesseln zu können. Meine Mutter, eine erfolgreiche Schriftstellerin, eine begabte Vorleserin. Ich mochte nicht zuhören, die Geschichte war mir fremd, und doch war darin alles von der Mutter enthalten und von mir, so viel wollte ich gar nicht wissen von ihr und von mir. *Schnörkellos* nannte man ihre Sprache, manchmal schnitt sie einem ins Herz. Manchmal erlaubte sie den Zuhörern ein Lachen, das befreite, und schon war man wieder gestärkt, um ihr in die Abgründe eines Menschenlebens folgen zu können. Die Schriftstellerin las genau fünfundvierzig Minuten, danach stürmischer Beifall. Der Veranstalter betrat die Bühne, bedankte sich und wies auf den Büchertisch hin. Bald wartete eine Menschenschlange vor dem Tischchen der Mutter. Ich beobachtete, wie sie lächelte, jedem Buchkäufer in die Augen schaute, wie sie ein paar Worte sprach, die ich nicht verstehen konnte, wie sie ihren Namen schrieb oder ganze Widmungen, zufrieden nahmen die Menschen das signierte Buch entgegen, fast andächtig gingen sie ab, das Buch an sich gedrückt. Es erinnerte mich an ein Theaterstück oder an die Kommunion in der katholischen Kirche. Mutters Bücher als Hostien. Ich hielt mich mit Peter abseits, hoffte auf ihr Aufschauen, auf ein komplizenhaftes Lächeln, nur für die Tochter bestimmt. Vergeblich, natürlich vergeblich. Der Veranstalter kam auf mich zu, er nannte mir das Restaurant, in dem man sich noch treffen wollte, er lud mich im Namen der Mutter ein mitzukommen, sie alle würden schon mal vorausgehen, denn bei meiner Mutter würde es noch länger dauern, es warte noch ein Journalist, der für die Lokalzeitung ein Interview machen wollte. Ich war unentschlossen, aber Peter sagte, natürlich gehen wir da hin. Ich drehte mich noch einmal um, bevor ich den Saal verließ, wollte der Mutter zuwinken, tat es auch, aber die sah mich nicht. Im Speiselokal wartete ich lange, bestellte mir eine Suppe, mehr würde mein Magen heute nicht mehr vertragen, trank ein Glas Rotwein, unterhielt mich mit der Buchhändlerin zu meiner Linken, die begeistert von dem letzten Roman meiner Mutter sprach, und einem Bibliothekar zu meiner Rechten, langweilte mich schließlich, wurde ungeduldig, die Erwartete kam nicht. Peter, der neben der Leiterin des Kunstvereins wesentlich günstiger plaziert war, wollte schließlich gehen. Ich winkte ihm abschiednehmend zu, denn ich war noch nicht bereit aufzugeben. Später erfuhr ich, daß die Mutter mit dem Journalisten in ein anderes Lokal gegangen war. Mich, die Tochter, die anderen alle, hatte die Schriftstellerin vergessen, einfach sitzengelassen. Schließlich verabschiedete auch ich mich von dem etwas ratlosen Veranstalter. Ich ging zu Fuß durch die Stadt nach Hause, weinte Tränen der Wut. Daß ich der Mutter gerne Peter vorgestellt, ihr meine kleine, hübsche Wohnung und einige meiner letzten Arbeiten gezeigt hätte, wollte ich schleunigst vergessen. Auf meinem Anrufbeantworter Mutters Stimme: Wo bist du denn geblieben? Ich habe im *Alten Mann* auf dich gewartet. Am nächsten Morgen rief sie aus ihrem Hotel an, sie sitze beim Frühstück, müsse aber gleich zum Zug. Es tue ihr so leid, daß es nicht geklappt habe, ein Mißverständnis. Macht doch nichts, sagte ich, macht doch überhaupt nichts, ich verstehe das. Gratulierte zum Erfolg. Nur nicht merken lassen, wie sehr sie mich verletzt hatte, wie weh sie mir immer noch tun konnte. Heute kam mir diese Erinnerung zupaß. Sie, die keine Minute für die Tochter hatte, der Journalist war ihr wichtiger gewesen, ein kleiner

Schreiberling von einer Provinzzeitung. Und jetzt sollte ich meine Arbeit liegenlassen, um zu ihr zu fahren, um an dem Bett einer Bewußtlosen zu sitzen? Es war gut, sich an meine letzte Begegnung zu erinnern, den Schmerz wieder heraufzurufen, diese Erinnerung gab mir ein Recht, mich zu verweigern. Ich merkte, wie sich mein Rückgrat straffte, wie sich mein Kopf hob. Ich schritt beschwingt den Corso del Rinascimento entlang, schlängelte mich durch den Strom der Passanten, war in Eile, das Rotlicht einer Ampel brachte mich zum Stehen, ich blickte um mich. Wohin wollte ich jetzt eigentlich? Ich hatte kein Ziel. Welch ein Verkehr, welch ein Lärm, welch ein Getümmel, ich fühlte mich wieder ganz bei mir, war wieder angekommen in dieser Stadt, in Rom. Doch wohin jetzt? Nur dieses Gefühl nicht wieder verlieren, ein Gefühl von Angekommensein. Ich war es zu forsch angegangen, ich mußte mir mehr Zeit lassen, die Eindrücke mußten sich festigen, keine Telefonate mehr. Ja, ich wollte mich einsam fühlen unter den Menschen, die diese schöne Sprache sprachen. Wenn ich nun jemanden fände, mit dem ich mich unterhalten könnte, in meiner Sprache, es würde mich herausreißen. Keine Ablenkung, ich wollte nur aufnehmen, nur schauen, schauend diese imperiale barocke Schönheit in mich einsaugen. Ich wollte unsichtbar werden, mußte wenigstens die Vorstellung haben, unsichtbar zu sein. Nur in einem solchen Zustand könnte ich zu einer wirklich Schauenden werden.

Ich kehrte zurück auf die Piazza Navona, stellte mich vor den Vier-Ströme-Brunnen und wollte bei seinem Anblick etwas empfinden, etwas Ungeheures, etwas Besonderes, etwas, das noch nie jemand vor mir empfunden hatte bei dem Anblick dieser gewaltigen Wasserstürze, dieser befremdlichen steinernen Masse gegenüber der Chiesa Sant'Agnese, mit dem wie schwerelos schwebenden Obelisken darauf, alles, alles aufnehmen, es wirken lassen, sehr glücklich oder sehr unglücklich werden. Die Sonne brannte vom Himmel, die Römer halten um diese Zeit ihre Siesta, nur ich, die *Tedesca*, wußte das noch nicht, glaubte, ich müsse in dieser Stadt den ganzen Tag auf den Beinen sein. Ich muß mir einen Hut kaufen, einen breitkrempigen Strohhut, dachte ich und befahl mir, jetzt schau dir doch diesen Platz an, den Vier-Ströme-Brunnen, die großartige barocke Szenerie, die römischen Farben, die Menschen, es sind in der Hauptsache Touristen, *stranieri, tedeschi*, so wie ich. Das will ich doch, eine *straniera* will ich hier sein, *invisibile* will ich sein, ich wollte aufgewühlt sein, doch ich spürte nichts außer der sengenden Sonne.

Eine dürre Katze strich mir um die Beine, sie hatte wahrscheinlich Hunger oder Durst, in Rom gab es zu viele Katzen, man sollte sie nicht berühren, sie übertrugen Krankheiten. Ich fühlte mich geradezu bedroht von ihrem Fell und den Rippenbögen, die durch den Pelz stachen und an meinen Waden rieben. Ich spürte die Wildheit in der Kreatur, eine Amoralität, die Hunger und Durst erzeugten, ich fürchtete, dass es seine Zähne in meinen Unterschenkel schlagen würde, es würde mich fressen wollen. Das Fell war gesträubt, das Tier miaute zu mir herauf, klagend, empört, fordernd, fauchte jetzt, man sah seine Zähne, dieses Raubtiergebiß, seine Augen waren gelb wie Eiter. Ich rührte mich nicht, totstellen. Da schlichen noch drei Katzen heran, sie waren plötzlich da, rieben sich an meinen Beinen, ich sah ihre mageren Rücken, ihre zerzausten Schwänze. Vor mir der Bernini-Brunnen und zu meinen Füßen die hungrigen Katzen, ich machte einen Schritt zur Seite, ein zorniges Miauen, ich ging rasch, sie folgten mir nicht.

Ins Atelier. Ich wollte meine Angst malen, mein Entsetzen, die Lächerlichkeit meiner Angst und meines Entsetzens, das müßte auf die Leinwand gebracht werden. Wenn es mir gelänge, dann würde ich vielleicht wissen, aus welchen Urgründen sich diese Angst speist. Doch vor der aufgespannten leeren Leinwand verließen mich Mut und Kraft. Ich wollte nur noch schlafen, vergessen. Ich bezwang mich, rasch wieder hinaus. Die Stanzen des Raffael kamen heute nicht mehr in Frage, aber das Pantheon, das lag nahe, dort war der Maler begraben, aber nicht nur das trieb mich dorthin, es war die Piazza della Rotonda, dieser vielgerühmte Platz, auf dem es vor Menschen wimmelte. Ich könnte mich in eines der Cafés setzen und die Menschen beobachten und einen Espresso trinken oder ein

Eis essen. Aber nachdem ich den gewaltigen Bau auf mich hatte wirken lassen, wollte ich mich erst noch unter die Pantheon-Kuppel stellen, das »Himmelsgewölbe«, wie es der Historiker Dion Cassius genannt haben soll. Durch die einzige Öffnung in der Mitte der Kuppel fiel das Licht der Sonne um diese Zeit mit der größten Intensität. Es war ein scharfer Strahl, herrlich und bedrohlich zugleich. Er könnte tödlich sein. Ich stellte mich in den Schein, wurde überschüttet mit Licht und schloss die Augen. Ich hörte Stimmen, denn auch hier war ich selbstverständlich nicht allein, ganz nahe ein Kichern, ich öffnete die Augen, junge Mädchen, Deutsche, zeigten grinsend auf mich. Ich lächelte zurück. Sie lachen zu Recht, dachte ich. Wer geht schon ins Pantheon, stellt sich ins Licht und schließt die Augen? Ein Mann in abgetragenem Anzug bewegte sich hüpfend über die Fläche. Er warf keinen Blick in die Kuppel, der Lichteinfall war ihm gleichgültig, auch die Nischen mit den Grabmälern an den Wänden, er hatte den Kopf gesenkt und schaute zu Boden. Ich beobachtete ihn, ich war die einzige, die ihn beobachtete. Sein Fortbewegen hatte etwas Tänzerisches, ein Zwangsneurotiker, dachte ich, der seine Füße mit ganzer Sohle auf die Platten auftreten läßt und vermeidet, auf die Fugen zu steigen. Es war aber komplizierter, denn er gestattete sich offenbar nur die Porphyrplatten, den Granit und den Marmor mied er. Deshalb schwankte er manchmal, blieb für Sekunden mit ausgestreckten Armen wie ein Seiltänzer, zitternd das Gleichgewicht haltend, stehen und sprang dann weiter. Er wirkte angestrengt und konzentriert, sein Gesicht war gerötet, gelegentlich rempelte er einen fotografierenden Touristen an, der dann für einen Augenblick empört und kopfschüttelnd die Kamera sinken ließ. Er umrundete den Innenraum. Vor dem Grabmal Raffaels machte er eine Verbeugung, zog sich einen imaginären Hut vom Kopf. Ein Kunstfreund oder ein Künstler? Als er am Eingang angekommen war, blieb er stehen, blickte noch einmal ins Innere, nickte, lächelte, wischte sich mit einer Hand eine dünne Haarsträhne aus dem Gesicht und während ich erwartete, daß er nun auf der Piazza seine Schritte auch einer Zwangsordnung unterwerfen würde, schritt er mit geschwellter Brust, stolz wie ein Schauspieler, der nach geglückter Darbietung Beifall verdiente, über den Platz. Ich überlegte mir, ob sich seine Gestalt bildnerisch darstellen ließe, wollte sie mir merken, verzichtete auf einen Kaffee auf der Piazza und ging auf die Suche nach anderen Motiven. Ich wollte nicht suchen, sondern finden.

Auf dem Rückweg zur Piazza Navona stellte sich mir in der Via della Cuccagna eine alte Frau in den Weg, sie krümmte sich mir entgegen, mit einem dramatischen Zittern streckte sie mir die knotigen Hände hin, lallte aus zahnlosem Mund. Ich unterdrückte mein Mitleid und fühlte nur noch Ekel, als mir die Bettlerin buchstäblich auf den Leib rückte und mir den Weg versperrte. Ich mußte sie zur Seite schieben, die Berührung des fremden, knochigen Körpers verursachte mir Übelkeit. Als ich an ihr vorbei war, keifte die Alte hinter mir her, es waren vielleicht Verwünschungen. Das Pathos der Armut. Ich flüchtete mich in die Chiesa sopra Minerva hinter dem Pantheon, wo ich Michelangelos schönen Herrn Jesus mit seinem weißen Leib und seiner goldenen Schärpe um die Hüfte, die ihm nicht von Michelangelo umgelegt worden war, besuchte. Zerstreutes Licht fiel auf die fast individuelle Physiognomie. Die Statue sei als männlicher Körper ein vollendetes Kunstwerk, als Jesusdarstellung sei sie manieriert, sagt man. Wahrscheinlich hatte man ihm deshalb die goldfarbene Schärpe umgelegt, um die Manier etwas zu mildern und seine antikische Nacktheit zu verbergen. *Umgelegt* ist der falsche Ausdruck, man hat dem Geschlechtsteil einen üppigen, ehernen Knoten aufgepeppt, die linke Hüfte ist nackt, erlaubt den Blick auf einen formvollendeten verlängerten Rücken und macht einen koketten Eindruck, während sich auf der rechten die Drapierung ihren Halt sucht: *Il pannegio bronzeo è posteriore* steht auf einer Tafel zur Erklärung. Die langen Locken des Dargestellten ließen mich mehr an den hl. Johannes denken. Oder: Jesus als Athlet, als David, der Goliath erschlagen hat, als Kämpfer, Jesus, der Auferstehende, der das Kreuz und außerdem noch Rohr, Seil und Essigschwamm in Händen hält, wie beiläufig. Unvorstellbar, daß ein solcher Christus ans Kreuz geschlagen worden wäre. Die Gläubigen, die zu ihm beten, beten seine Schönheit an, und so wirkt die Schärpe, die sich um seine Lenden bauscht, an diesem Leib obszön oder lächerlich. Ein katholischer Priester wollte mir einmal weismachen, daß die konventionelle Schönheit den Sakralcharakter störe. Was ist unkonventionelle Schönheit? Was ist Schönheit überhaupt? Schön ist dieser Christus, weltlich schön, er könnte das Kreuz in seinen Händen jederzeit über seinen Kopf schwingen und als Waffe benützen. Das war vermutlich Blasphemie. In Rom, dachte ich, wird man entweder katholisch oder zum Ketzer.

Ich durfte nicht vergessen, weswegen ich hier war. Ich mußte wieder unter Menschen, hinaus in die Sonne, setzte meine Sonnenbrille auf und kaufte mir bei einem Stand in der Via Dougana Vecchia einen großen Strohhut mit einem roten Band. *Che bella signorina!* sagte der schlaue Verkäufer, als ich ihn aufsetzte und mich in dem kleinen Spiegel betrachtete, den er mir hinhielt. *Signorina* sagte er, aber ich war schon vierunddreißig und eigentlich eine Signora, wenn auch unverheiratet. Aber schön? In Deutschland dürfte mich niemand Fräulein nennen, hier nahm ich es als ein Kompliment, das mir schmeichelte, vielleicht sogar zustand. Vierunddreißig, dachte ich, und noch nichts für die Ewigkeit getan, und ich verstand meine Mutter, die plötzlich ihre häuslichen Fesseln sprengen wollte, um etwas für die Ewigkeit zu tun. Aber das hätte sie sich früher überlegen sollen, ein Mensch, vor allem eine Frau, der vorhat, etwas für die Ewigkeit zu tun, soll keine Kinder in die Welt setzen. Oder nur Kinder. Kinder sind Ewigkeit genug.

Es war unvermeidlich, daß ich hier meine Eßgewohnheiten veränderte. Es begann beim Frühstück, statt Grüntee machte ich mir eine große Schale Cappuccino und aß ein *Cornetto*. Der Kaffee versetzte mich in eine heitere Stimmung. Es war unvernünftig von mir gewesen, um die Mittagszeit das Haus zu verlassen, das machte kein *Romano di Roma*. Als die Läden wieder öffneten und die Stadt richtig lebendig wurde, war ich erschöpft und wollte mich in meine Wohnung zurückziehen. Ich sage *meine Wohnung*, aber ich werde bald nicht mehr allein sein, für heute oder morgen waren eine Fotografin aus Wien und ein Schriftsteller aus dem Allgäu, ich glaubte aus Kempten, angekündigt. Ich erwartete die anderen Stipendiaten mit gemischten Gefühlen. Den Duschraum würde ich mit dem Schriftsteller teilen müssen und die Küche würde von uns zu dritt benützt werden. Immerhin, ich war privilegiert: Ich verfügte neben dem Atelier noch über einen Raum, in dem zwei Betten standen. Von meinem Schlafzimmer führte eine Tür ins Bad. Ich konnte für mich bleiben, es sei denn, ich begegnete den Mitbewohnern in der Küche. Ich war nicht auf Begegnung aus.

Das Haus, so hatte man mir erzählt, stammte aus dem 15. Jahrhundert. Es war vierstöckig. Die Fenster der Küche, in der ich rasch Ordnung schaffen wollte, bevor die neuen Mitbewohner kamen, schauten auf einen verwahrlosten Innenhof, eigentlich nicht viel mehr als ein Lichtschacht, aus dem die Geräusche und die Gerüche der im Erdgeschoß gelegenen Pizzeria nach oben stiegen. Ich saß am Tisch und hielt die bauchige Cappuccino-Schale mit beiden Händen.

Es klapperte von unten herauf, dann dröhnte eine laute Männerstimme, ein Satz, ein Zuruf, den ich nicht verstand, eine Frauenstimme antwortete, stakkatoartig und schrill, die Personen, denen die Stimmen gehörten, blieben unsichtbar. Dann herrschte wieder Stille, dann drangen Gerüche zu mir herauf, und ich saß in dieser Grabesstille und fühlte mich mit meiner hellgrünen Kaffeeschale in Händen wieder elend und einsam und empfand plötzlich eine diffuse Angst. Eine Bangigkeit, die mich lähmte, mich hinklotzte auf den Stuhl, Hände und Füße kalt. Jetzt noch einen Kaffee, aber ich war nicht in der Lage aufzustehen, ein Glas Wasser, mein Hals war trocken, es kratzte mich in der Kehle. In diese Küche kam nie auch nur ein Sonnenstrahl, die Sonne bestrich nur die oberen Stockwerke, plötzlich eine Tenorstimme, *La donna è mobile ...*, brach wieder ab, eine Frau kreischte, Stille, lachte. Ich hockte immer noch wie hingehext. Wie konnte ich mich aus dieser Verkrampfung lösen?

Ich war ein Wunschkind, behauptete meine Mutter, ihr Wunschkind war ich, ich sollte die Ehe kitten mit einem Mann, den sie damals noch nicht verlieren wollte. Zwölf Jahre lang war ich der Kitt dieser Ehe. Das trage ich meiner Mutter nach, daß sie mich wollte, nur um den Mann zu behalten, den sie dann dreizehn Jahre später verließ. Ich werde keine Kinder haben. Ein Mensch wie ich, der selbst noch so tief in seiner Kindheit steckt, sollte selbst keine Kinder haben. Das sehe ich ein. Ich male Bilder, das sind meine Kinder. Meine Mutter sagte einmal, jetzt, da ihr erwachsen seid, sind meine Bücher meine Kinder. Um sie muß ich mich kümmern. Sie sollen mich überleben, so wie ihr mich überleben sollt. Sie lachte. Ich höre noch ihr Lachen. Das Lachen irritierte mich. Eine sachliche Feststellung und dann ein Lachen. Lisa lachte auch, kurz und höflich. Ich glaube, sie hatte nicht zugehört. Lisa hörte oft weg. Sie war mit ihren Gedanken woanders, wahrscheinlich bei ihren Kindern oder ihrem Mann. Sie hatte etwas zum Hindenken. Ich bin sicher, dachte ich, daß Lisa, auch wenn sie jetzt bei der Mutter am Bett sitzt, ans Einkaufen denkt oder an den Friseur. Sie hat ein glückliches Naturell. Sie nahm Mutters Aussagen nie ganz ernst. Sie ließ sich von ihnen nicht verstören, während mich beinahe jeder Satz meiner Mutter, an den ich mich erinnere, mehr oder weniger befremdete.

Ein Mann mit einer weißen Schürze rollte die riesigen Mülleimer über den Hof, hinaus auf die Straße. Das erzeugte einen ohrenbetäubenden Lärm. Ich hatte hier noch keinen Müll produziert, das würde sich bald ändern. Nun kam es mir doch nicht mehr ganz ungelegen, jemanden erwarten zu dürfen. So schnell war ich des Alleinseins müde geworden? Jetzt erst merkte ich, daß ich die ganze Zeit zusammengekrümmt auf dem Stuhl gekauert war, die Arme um die Beine geschlungen, den Kopf auf den Knien. Ich löste mich aus der Umklammerung, stand mit steifen Knien auf, schüttelte die Beine, füllte die kleine Espressomaschine. Die Milch schäumte auf. Die Maschine zischte. Mit der Kaffeeschale ging ich ins Atelier, mied den Blick auf die leere Leinwand, ans Fenster, genoß die Helle, die Farben. Ströme von Touristen zogen unter meinen Blicken vorbei. Die einen schlenderten von der Engelsburg über die Piazza Navona zum Campo dei Fiori, die anderen zogen vom Campo dei Fiori über die Piazza Navona zur Tiberinsel. Wie Ameisenstraßen. Es waren keine Römer in der Prozession oder kaum, das glaubte ich von oben zu erkennen, an den Bewegungen und an der Kleidung, an den Rucksäcken und den Stadtplänen, die manche in Händen hielten. Die Läden waren noch geschlossen, aber die Cafés füllten sich bereits. Ein Mann rollte seinen Koffer vor das Haustor. Er suchte die Hausfront mit seinen Blicken ab, dann drückte er auf die Klingel, es schellte. Ich fragte durch die Sprechanlage. Der erwartete Schriftsteller meldete sich. Ich drückte den Knopf und stellte mich in die geöffnete Wohnungstür. Der Aufzug ratterte herauf, hielt.

Der Allgäuer Schriftsteller hieß Amadeus Trunk, war nicht mehr ganz jung, hatte eine Halbglatze und lange, strähnige blonde Haare. Er erinnerte mich an Peter Sloterdijk, war also häßlich. Er sprach mit einem stark oberschwäbischen Dialekt und ich fragte ihn, da ich seinen Namen noch nie gehört hatte, ob er Dialektgedichte schreibe. Er war aber kein Lyriker, sondern Romancier, er arbeite an einem Roman, den er hier zu Ende schreiben wolle. Als ich meinen Namen nannte, sagte er: O, da kenne ich eine Schriftstellerin gleichen Namens.

Tatsächlich? fragte ich und zeigte ihm sein Zimmer. Das Schriftstellerzimmer war zwar geräumig, aber völlig kahl, außer einem Bett, einem kleinen Tischchen und einem Klappstuhl war hier gar nichts und von den weißgekalkten Wänden blätterte der Putz. Als einzige Beleuchtung hing eine Glühbirne an einem Draht von der vier Meter hohen Decke.

Immerhin, sagte der Romancier, ich bin in Rom, das entschädigt für manches.

Sie haben hier auch einen eingebauten Kleiderschrank, erklärte ich, und dachte an mein beinahe luxuriöses Atelier und fühlte mich wie die Siegerin in einem neuzeitlichen Paragonestreit. Das machte mich großmütig.

Hauptsache ein Bett und ein Tisch, sagte er frohgemut. Er schaute sich suchend um. Ah, eine

Steckdose, die brauche ich für den Laptop. Telefonanschluß? fragte er.

Gibt es nicht, in der Küche steht ein Mobiltelefon, das ist für alle Bewohner, muß erst wieder aufgeladen werden, mit Geld meine ich. Aber Anrufe können Sie bekommen. Es funktioniert im Moment sozusagen nur passiv.

Aha, sagte er. Eine Tischlampe oder so?

Nicht daß ich wüßte, sagte ich, und ließ ihn allein.

Später zeigte ich ihm die Küche und die sanitären Anlagen. Dann zog ich mich zurück und hoffte, daß ich von meinem neuen Mitbewohner nicht allzusehr gestört werden würde. Mit der Einsamkeit, die ich mir auferlegt hatte und die mir allerdings schon nach wenigen Tagen zu schaffen gemacht hatte, war es nun vorbei. Ich stellte mich vor die Leinwand und suchte mich unter den neuen Gegebenheiten zu sammeln. Aus der Küche hörte ich das Klingeln des Telefons. Lisa? Ich erschrak, ich gehe nicht ran. Aber der Schriftsteller hob ab, ich hörte ihn sprechen. Gleich würde er mich rufen. Idiot, dachte ich. Doch er rief mich nicht, statt dessen hörte ich ihn reden, längere Zeit, sein Oberschwäbisch verlor den harten Klang. Es wurde geradezu melodiös. Später erzählte er mir, er habe mit seiner Frau telefoniert und mit seiner kleinen Tochter. Drei Jahre sei sie alt, und sie vermisse den Papa.

Das mußte ich mir nun abgewöhnen, jeden Telefonanruf auf mich zu beziehen. Ich fühlte, wie mich die Abwehr von etwas, das mich gar nicht bedroht hatte, Kraft gekostet hatte. Und noch kostete. Ich war unzufrieden und sogar ein bißchen enttäuscht, daß es doch kein Anruf für mich gewesen war, und ärgerlich über mich und meine Unzufriedenheit und meine Mißstimmung. Das gestand ich mir ein, es war nicht zu ändern und offenbar kompliziert. Zwangsläufig dachte ich wieder zu ihr hin, nach Österreich, zu meiner Mutter. Daß er sie ausgerechnet in Österreich ereilen musste, der Zusammenbruch, der Infarkt, wo sie das Land doch längst verlassen hatte, dem neuen Mann gefolgt war, ihrer großen Liebe, wie sie den Töchtern gestanden hatte, wie sie nicht müde wurde, ihnen zu verkünden. Nach einer sehr erfolgreichen Lesung, hatte Lisa erzählt, habe es sie getroffen. Sei sie beim Signieren ihrer Bücher zusammengebrochen. Ist doch schön, eigentlich, abstrakt gedacht jedenfalls, inmitten seiner Fangemeinde zusammenzubrechen, ihr in die Arme zu fallen. Ich schämte mich natürlich meines Gedankens. Ausgerechnet in Linz. Lächerlich, dachte ich, *In Linz beginnt's*, so hieß ein Slogan, *In Linz hört's auf* reimt sich nicht. In Linz fiel sie quasi in die Arme ihrer Erstgeborenen. Sie ist zu uns zurückgekehrt, hatte Lisa am Telefon gesagt und schluchzte auf. Wieso zu uns? Ich lebe in Deutschland. Zu mir nicht, sagte ich. Du bist doch zu ihr gegangen. Als du ganz unten warst, warst du doch schließlich froh, daß sie dich geholt hat, sagte Lisa. Weil ich mußte, sagte ich heftig, du weißt genau, daß ich keine andere Wahl hatte. Man hat mich gezwungen. Du könntest auch jetzt zurückkommen, sagte Lisa, wir haben genug Platz im Haus, die Kinder mögen dich. Niemals, antwortete ich. Immer noch derselbe Trotz, seufzte sie. Ich bin froh, daß ich bei ihr sein kann, Lisa hatte Tränen in der Stimme. Ich bin auch froh, daß du bei ihr bist, erwiderte ich aufrichtig und beschwichtigend, aber ich kann nicht kommen, nicht jetzt. So deutlich hatte ich das der Schwester gesagt und ich hätte es ihr heute wieder gesagt, aber sie hatte bisher nicht wieder angerufen. Und ich konnte nicht zurückrufen, denn auf dem Handy war immer noch kein Guthaben. Das war natürlich eine Ausrede. Ich hätte es aufladen können, auch wenn es teuer war. Und Anrufe aus dem Ausland bei den hohen Roaming-Gebühren ein Luxus. Ich könnte eine Telefonzelle benützen, das war natürlich billiger. Allerdings haßte ich Telefonzellen, in ihnen bekam ich klaustrophobische Zustände.

Vor fünf Jahren wurde meine Mutter Witwe. Da dachten wir, ihre beiden Töchter, daß sie nach dem Tod ihres Mannes zusammenbräche. Das Alleinsein nicht verkraften würde. Vor allem Lisa wartete geradezu darauf, so schien es mir, sie erwartete, daß es die Mutter nicht allein aushielte in der großen Wohnung, die sie immer an ihren Mann erinnern würde, mit dem sie offensichtlich glücklich geworden war. Auch ich hatte Heinrich schließlich liebgewonnen. Seine Sanftmut und seine Liebenswürdigkeit hatten das Zusammenleben mit meiner Mutter erträglicher gestaltet. Bei der zweiten Wahl hatte Mutter eine gute Hand bewiesen. Mit ihr hatte sie ihre erste Wahl korrigiert. Doch meine Mutter wollte offensichtlich meiner Schwester nicht in die Hände fallen, sie wollte unabhängig bleiben. Deshalb konnte ich auch nicht glauben, daß ausgerechnet sie, die immer fürchtete, ihre Selbstbestimmtheit aufgeben zu müssen, ihre Töchter an ihrem Krankenbett, das möglicherweise ihr Sterbebett sein würde, haben wollte. Darauf müßte ich Lisa beim nächsten Mal aufmerksam machen. Bilde dir doch nicht ein, würde ich sagen, daß eine so stolze Frau jemanden braucht, der sie in ihrer Ohnmacht begafft. In den fünf Jahren ihres Alleinseins hatte sie fünf Bücher geschrieben, jedes Jahr eines. Sie hatte sich in die Arbeit vergraben, und für mich und Lisa und ihre Enkel hatte sie weniger Zeit als je zuvor. Ich trug ihr das nicht nach, ich fühlte mich allerdings auch berechtigt zu sagen: Ich habe jetzt keine Zeit für sie.

Diese langen Tage im Juni. Ich wünschte mir, es wäre schon dunkel. Ich säße am Fenster und sähe unter mir die Menschen vorbeiströmen, manche trügen Kerzen. Heute hätte ich die Dunkelheit gebraucht, ich würde mich in sie schmiegen wie in einen Mantel. Noch war es hell, später Nachmittag, und es trieb mich hinaus, ich nahm den Skizzenblock und ging los. Die schwere Tür fiel hinter mir ins Schloß, der dumpfe Knall wie ein Signal zum Aufbruch. Ich reihte mich ein in die Prozession Richtung Campo dei Fiori. Überall hörte ich deutsch sprechen. Pärchen hielten sich umschlungen, jeder mit der freien Hand ein *telefonino* am Ohr. Ich hatte beide Hände frei, der Skizzenblock baumelte mir über der Schulter, ich ließ mich treiben und hatte meine Augen nicht bei der Sache, war mit meinen Gedanken abwesend. Das war es, was ich vermeiden wollte. Nicht in mich hineinschauen, sondern aus mir hinaus. Wach sein, schauen mußte ich, alles einsaugen, ein Gefäß für neue Eindrücke und nicht in Erinnerungen wühlen. Wie alt ich mich plötzlich fühlte.

Eine Skulptur in den Vatikanischen Museen wäre ich gerne gewesen. Eine Göttin mit einem makellosen Körper. Kein Gott, kein Adonis mit einem lächerlichen Feigenblatt über dem Geschlecht. Aber eine Aphrodite, und ein Pygmalion hätte sich in mich verliebt. Ich würde mich nicht verlebendigen lassen, von keinem Kurienkardinal, der mir im Vorübergehen verfällt, nicht einmal vom Papst, marmorn würde ich bleiben und schön. Mit einem steinernen Herzen und ohne Erinnerung. Ich fragte mich, ob der Papst manchmal durch seine Museen schlenderte, allein, oder nur begleitet von seinem Sekretär. Und ob er stehenblieb und eine Andacht hielt und zu den Göttern Griechenlands betete oder zu den römischen. Vielleicht entzückte ihn in den Gallerie delle Statue der Eros von Centocelle, gleich rechts, und er nickte, weil er auch der Genius des Vatikans genannt wird, obwohl er wahrscheinlich doch Thanatos darstellte.

Ich setzte mich zu Füßen von Giordano Brunos Standbild und versuchte mir vorzustellen, daß hier über Jahrhunderte die Richtstätte für alle war, die aus Glaubensgründen verurteilt wurden. An der Einmündung der Via di Giubbonari rauchte der Scheiterhaufen und wenige Schritte davon, an der Ecke der Via della Corda, ragte der Galgen in die Höhe, von dessen Strang die kleine Gasse den Namen hatte. Ich hockte auf den Steinstufen und versuchte inmitten der lauten und scheinbar frohen Menge den Geruch des Feuers und den Angstschweiß der Delinquenten zu riechen. Es müßte ein Bild gelingen, das im Heutigen die historische Wahrheit erkennen ließe. Eine Art komplexer Kippfigur. Ich legte den Skizzenblock auf meine Knie, aber ich öffnete ihn nicht. Es war, als ob mich die Szenerie gefangenhielte, ich saß in einem Theaterstück und verfolgte seinen Verlauf. Der Campo dei Fiori, der einzige Platz in Rom, auf dem keine Kirche steht, du mußt den Markt beobachten, sagte mir mein Freund, ein Stück Welt-Theater, sagte Peter, das ebensogut von Shakespeare sein könnte wie von Beckett. Du mußt dir Zeit nehmen und hinschauen und hören und fühlen, *sentire* sagte er, das heißt beides, wie die Marktleute wegräumen, was sie am Morgen hergeräumt haben. Wie sie die großen, weißen Schirme abspannen, wie sie die Obst- und Gemüsepyramiden abbauen. Wie sie schreien, wie sie lachen, wie sie fluchen, wie sie Witze und Faxen machen. Peter hatte mich auf Rom vorbereitet, ich erinnerte mich an seine Worte. Wittern, was in der Luft liegt, sagte er, eine Aufforderung, die Welt wahrzunehmen. Auf der einen Seite des Platzes riecht es ewig nach Fisch, auf der anderen nach Rosen. Und dazwischen riecht es nach Käse. Und nach Gewürzen. Es riecht nach viel Leben und ein bißchen nach Tod, sagte Peter. Er hatte recht. Ich dachte dankbar an ihn, er hatte mich ermutigt, mich noch einmal um das Stipendium zu bewerben. Und jetzt war ich hier und es war gut. Als es endlich zu dunkeln begann und die ersten Menschen mit Lichtern in den Händen auftauchten, stand ich auf, rieb mir die Beine wach und ging nach Hause. Unverrichteter Dinge, dachte ich, nichts habe ich heute geschafft. So darf es nicht weitergehen. Keine Störung, dachte ich, keine Irritationen mehr. Vor der Chiesa Sant' Agnese blieb ich stehen. Ich fühlte mich so leer heute, stieg die Stufen hinauf und betrat den Sakralraum. Weihrauch, als frommes Kind, das ich einmal gewesen war, hatte mich der Duft berauscht. In unseren Kirchen wird neuerdings damit gespart, ich hatte ihn schon lange nicht mehr so intensiv gerochen. Ich trat unter die elegante, schlank aufsteigende Kuppel, legte den Kopf in den Nacken und wollte die Fresken betrachten. Aber mich schwindelte. Ich war umgeben von reichen Dekorationen aus Marmor und vergoldetem Stuck, die dem Raum einen festlichen, aber kalten Glanz verliehen. Ich fröstelte, eben war mir noch heiß gewesen. Ich setzte mich in eine der Bänke, wollte ausnahmsweise nicht schauen, sondern nur ruhig werden und zu mir kommen. Wie wurde man ruhig, wie kam man zu sich? Mit dem Befehlen war es nicht getan. Ich blickte um mich, ich war allein, nur einige sehr alte Frauen knieten betend vor dem Altar, ihre Lippen bewegten sich, ich glaubte, ihr Murmeln zu hören. Immer waren es alte Frauen, die ihre arthritischen Knie auf den Betschemeln strapazierten. Sie erhoben sich eine nach der anderen mit einem Ächzen und verließen die Kirche kreuzschlagend, knicksend und hinkend, aber vielleicht getröstet. Für wen beteten die alten Frauen? Ich stellte sie mir wunschlos vor. Vielleicht war ihnen ein gnädiger Tod ein Anliegen oder die Gesundheit ihrer Kinder und Enkel. Hatte meine Mutter je für mich gebetet? Hatte sie überhaupt jemals gebetet? Sie sei als Kind sehr fromm gewesen, doch nun sei sie Agnostikerin. Seit der Liturgiereform besuchte sie nicht einmal mehr die hl. Messe, die sie zuvor wegen ihrer theatralisch-kontemplativen Qualitäten geschätzt hatte. Ich verließ eilig die Kirche mit ihrem imperialen, einschüchternden Prunk, floh hinaus, jetzt war es endlich dunkel geworden. Ich würde mich an mein Atelierfenster setzen, in die Schwärze der Nacht gehüllt, hinunterschauen auf das Menschengeschiebe in der schmalen Gasse, das die ganze Nacht nicht abebben würde, auch nicht der Lärm, den es erzeugte und der an meinem Ohr vorbeitoste wie ein Wasserfall.

2

Es ergab sich, daß ich beim Frühstück wieder mit dem Schriftsteller in der Küche am Tisch saß. Er sei früh aufgestanden, er sei überhaupt ein Frühaufsteher, habe schon gearbeitet an seinem Roman. Er schien zufrieden mit seinen Fortschritten, und ich beneidete ihn und fand es präpotent, wie er damit protzte, denn mir war noch nichts gelungen. Ich hatte die weiße Leinwand angestarrt und die Pinsel in Reih und Glied gelegt. Die Dosen und die Tuben mit den Acrylfarben neben mich gestellt. Ich liebte es, in Acryl zu malen, das erforderte einen leidenschaftlichen Pinselstrich, die Farbe trocknete rasch, und das Ergebnis war definitiv.

Das Bad ist frei, hatte der Schriftsteller gerufen, wie wir es vereinbart hatten. Unter dem Spiegel Waschutensilien für Männer. Ich fand es indezent, würde mich daran gewöhnen müssen. Das Frühstück bestand auch heute aus Cappuccino und *Cornetti*, die er aus der Panetteria um die Ecke geholt hatte, ich hatte den Kaffee gemacht. Daß wir frühstückten wie ein altes Ehepaar, war jedoch kein Grund, mich für den Mann zu interessieren. Ich spürte, daß er gerade das erwartete, daß er auf Fragen nach seinem Leben, seinem Schreiben lauerte.

Immer wollen alle gefragt werden, dachte ich, nur wer gefragt wird, ist wichtig. Er fing wieder damit an, daß er eine Schriftstellerin kenne, die meinen Nachnamen trage. Er schätze sie, bewundere sie sogar, ob ich vielleicht doch? Nein, entgegnete ich schroff, schroffer als beabsichtigt, ich bin nicht verwandt, ich kenne sie nicht. Es war tatsächlich eine kleine Genugtuung, die mir einen Augenblick guttat, ein Petrusgefühl erzeugte, mich aber bald irritierte. Das ist kein ungewöhnlicher Name, sagte ich versöhnlich. Ich schaute ihm ins Gesicht und stellte wieder mit einer rätselhaften Befriedigung fest, daß der Mann häßlich war, aber immerhin gepflegt. Er schien sich sogar seine spärlichen Haare gewaschen zu haben, sie umwehten flaumig seinen Nacken. Seine kleinen grauen Augen verschwanden beinahe unter den schweren, wimpernlos wirkenden Lidern, der kleine, schmale Mund konnte sich zwischen den fleischigen Backen kaum behaupten. Sein Gesicht braucht einen Akzent, dachte ich, eine Hornbrille, die würde etwas aus ihm machen. Vielleicht könnte man ihn mit einer Sonnenbrille in einen Mafioso verwandeln? Es graute mir vor der Vorstellung, ihn nun jeden Morgen neben mir zu haben.

Das Mobiltelefon klingelte, es lag neben mir auf dem Tisch, ich zuckte zusammen, reichte es ihm hinüber, sagte, daß es sicher für ihn sei, ärgerte mich, daß mein Herz wie verrückt klopfte. Der Schriftsteller stand auf, es war seine Frau oder seine kleine Tochter, er verließ die Küche mit dem Telefon. Als er weg war, merkte ich, wie sehr mich seine Gegenwart gestört hatte. Die Schwester, die Mutter, der Schriftsteller, die Angst vor dem Telefon, ich würde vor lauter Angst nicht zum Arbeiten kommen. Bevor er sein Gespräch beendet hatte, zog ich mich ins Atelier zurück, stand eine Weile vor der Staffelei und sagte mir, beschwor mich, heute mußt du beginnen. Obwohl ich mir heute wieder die Vatikanischen Museen vorgenommen hatte, entschloß ich mich, noch einmal zum Campo dei Fiori zu gehen. Dort hatte sich gestern etwas in mir bewegt, hatte sich vielleicht ein Motiv angekündigt, die Geschichte und die Gegenwart müßten sich darstellen lassen, die Qualen der Delinquenten und die Unbeschwertheit der Marktbesucher. Ich nahm meinen Strohhut und verließ die Wohnung, ich hörte den Schriftsteller noch telefonieren.

Ich war zwei Stunden weg gewesen, hatte nicht nur meinen Skizzenblock vollgekritzelt, sondern auch eine Tasche voll mit Köstlichkeiten vom Markt mitgebracht: Pecorino, Tomaten, Zwiebeln, Ciabatta, Olivenöl, eine Flasche Rotwein. Ich war entsetzlich hungrig und freute mich auf den Käse und die Tomaten. Als ich die Tür zu der Wohnung aufschloß, kam mir der Schriftsteller entgegen: Seine Wangen waren gerötet, er wirkte seltsam exaltiert.

Nanu, fragte ich, was ist denn mit Ihnen los?

Wieso? fragte er verdutzt.

Amadeus, ich nannte ihn zum ersten Mal bei seinem Namen, Sie wirken ja wie von innen erleuchtet. Ich lachte, es machte Spaß, ihn zu nekken.

Ich war nicht schön. Damit hatte ich mich abgefunden. Ich machte nichts aus mir. Sie hat einen schönen Gang, das sind die Komplimente, die ich hörte. Einen schönen Gang. Wenn man mich von ferne sieht, wie ich gehe, wie ich ausschreite, vermuten die Menschen, eine attraktive Frau käme auf sie zu. Aber sie sehen dann doch nur mich und schauen gleich wieder weg. In meinem Mauerblümchendasein habe ich mich eingerichtet. Da lockt mich keiner mehr heraus. Du sollst etwas aus dir machen, alle Welt macht etwas aus sich, einer so unattraktiven, einer blassen Künstlerin traut man auch keine guten Bilder zu. Wer sagte das? Niemand, aber es lag in der Luft, diese Sätze waren in allen Hochglanzzeitschriften zu lesen. Meine Mutter hat immer etwas aus sich gemacht. Warum dachte ich gerade jetzt daran, in dem Augenblick, in dem ich die Frau sah, die plötzlich aus den hinteren Räumen der Wohnung auftauchte, den schmalen Flur entlangschlenderte. Ich weiß, ich bin nicht schön, und es macht mir nichts aus. Es macht mir nichts aus. Nie war ich mir so unattraktiv vorgekommen wie in dem Augenblick, als mir Alma entgegenkam. Das also war die Fotografin, die wir erwarteten. Sie war eben eingetroffen, direkt aus

Wien, und der Schriftsteller hatte ihr das Haustor geöffnet und war ihr mit dem Gepäck behilflich gewesen, denn der Lift war wieder einmal außer Betrieb. Alma war eine Modigliani-Schönheit. Mandeläugig, ein Wald aus rötlich-braunen Locken, die ihr bis über die Schultern reichten. Der Vorname war nicht ganz passend, fand ich, irgendwie haarscharf daneben, ich würde einen anderen Namen für sie suchen, Lilith würde passen oder Lulu. Sehr schöne Frauen hatten mich immer eingeschüchtert. Auf Plakaten, im Film und im Theater irritierten sie mich nicht, ich brauchte nicht an ihre Realität zu glauben, aber ihnen leibhaftig zu begegnen, verursachte mir einen Schrecken. Schönheit zwang mich in die Knie, schöne Menschen hatten eine Majestät wie Könige. Sie hatten Macht, sie geboten. Sie treten aus dem Haus und die Augen aller richten sich auf sie. So eine war auch die Fotografin, die neue Mitbewohnerin.

Alma streckte mir die Hand hin, der Schriftsteller hatte ein blödsinniges Lächeln um den Mund, als müßte er sich für die Erscheinung entschuldigen, oder als hätte er sie herbeigezaubert, und wüßte nun nicht, wie mit ihr umzugehen sei. Glücklich verheiratet, dachte ich, und doch so schnell aus dem Gleichgewicht. Männer, dachte ich, Männer. Alma lächelte spöttisch oder unsicher. Nein, eher arrogant. Wirkt Schönheit denn nicht immer überheblich?

Hatten Sie eine gute Reise? Das war eine Floskel, die hier fehl am Platz war, ich merkte es sofort und errötete. Alma antwortete darauf nicht, sagte: Ich schlage vor, daß wir uns duzen, der Einfachheit halber.

Genau das wollte ich auch vorschlagen, sagte der Schriftsteller eifrig.

Ich zeige dir dein Appartement, sagte ich rasch. Der Schriftsteller rief uns nach, ich habe es Alma schon gezeigt.

Das Appartement für die Fotografen bestand aus einer Dunkelkammer und einem geräumigen Schlafzimmer. Ich mache die Dunkelkammer zu meinem Schlafzimmer, sagte sie, wollen wir das Bett gemeinsam hinüberschaffen? Das Bett bestand lediglich aus einer Matratze. Das Zimmer ging auf den Flur hinaus, den man auf dem Weg zur Küche passieren mußte.

Hier ist es ruhiger, erklärte sie, ich bin sehr lärmempfindlich.

Mir macht der Lärm nichts aus, sagte ich. Er übertönt manches, wollte ich anfügen, verschluckte es aber noch rechtzeitig. Ich brauche den Lärm, er erzeugt Bilder in mir, der Lärm und das Licht. Alma schaute mich aufmerksam an und zuckte mit den Schultern.

Als ich wieder auf den Flur hinaustrat, sah ich, daß sich der Schriftsteller vor der Tür herumgetrieben haben musste. Er hatte etwas Hündisches.

Eben hat jemand für dich angerufen, deine Schwester, sie meldet sich später wieder, sagte er.

Danke, sagte ich, und floh ins Atelier. Starrte auf die leere Leinwand. Lisa war hartnäckig. Sie würde mich wieder bereden wollen zu kommen. Ich wollte natürlich wissen, wie es Mutter ging, aber ich möchte nicht von hier weg, nicht jetzt. Jeden Tag ein ärztliches Bulletin, sachlich, medizinisch klar, das würde mir genügen, davon war ich überzeugt.

Vergiß deine Mutter, hatte mein Vater zu mir gesagt, sie ist es nicht wert. Ich habe eine Frau kennengelernt, die werde ich heiraten, die wird deine neue Mutter sein. Ich war entsetzt, denn ich hatte gedacht, nun gehöre wenigstens mein Vater mir. Er weinte sich an meiner Schulter aus, stieß unter Schluchzen die fürchterlichsten Flüche gegen meine Mutter aus, presste mich, eine Zwölfjährige, an sich, seine Tränen waren klebrig, ich spürte sie auf meinen Wangen. Ich hatte mich gebraucht und stark und wichtig geglaubt. Bis zu diesem Zeitpunkt hatte ich den Verlust der Mutter noch gar nicht empfunden. Ich war der Überzeugung, daß mein Vater sich nur durch mein Dasein aufrechterhielt. Doch mit einem Schlag war alles vorbei, da kam die Frau und ich habe nie erfahren, wie er an sie geraten war. Ich vermute, einer seiner Freunde hatte sie ihm vorgestellt. Mein Vater hatte unzählige Männerfreundschaften. Er war durch und durch verkumpelt, hatte meine Mutter einmal mit einem leicht verächtlichen Unterton behauptet. Seine Freunde waren bestrebt, ihn aus der Demütigung, von seiner Frau verlassen zu werden, herauszuholen, und suchten und fanden für ihn. Die Gefundene war seit kurzem geschieden und hatte selbst zwei Kinder, einen Jungen und ein Mädchen, beide jünger als ich. Mein Vater wollte die Frau Hals über Kopf heiraten, als hätte er Angst, daß auch sie ihn verlassen könnte. Sie zog in unsere Wohnung ein, mit ihren Kindern, und ich fühlte mich an den Rand gedrängt, überflüssig, es war eine bodenlose Einsamkeit. Jetzt hast du wieder Geschwister und bist nicht mehr allein, sagte mein Vater. Jetzt sind wir wieder eine richtige Familie. In den Ferien fuhren wir alle zusammen nach Jugoslawien, das es damals noch gab, ans Meer. Ich saß hinten im Auto meines Vaters, zusammengepfercht zwischen den bald angeheirateten Geschwistern, und litt unter der Hitze. Wir fuhren an denselben Strand, an dem wir vor drei Jahren noch mit Mutter und Lisa Urlaub gemacht hatten. Es schien, daß der Vater damit etwas auslöschen wollte, oder korrigieren. Immerhin, das Appartement, das wir bewohnten, lag in einem anderen Gebäudekomplex. Der Junge, dein Halbbruder, sagte mein Vater (ich will mich an seinen Namen nicht mehr erinnern), verfolgte mich überallhin. Er boxte mich in die Seite, klatschte mir auf den Hintern, versuchte mir den Sessel beim Hinsetzen wegzuziehen, versteckte meine Sachen, klebte mir seinen Kaugummi in die Haare. Ich trug meine Haare damals schulterlang, der Kaugummi mußte herausgeschnitten werden. Er will sich mit dir anfreunden, sagte die zukünftige

Frau meines Vaters, sei nicht so spröde, sagte mein Vater, er mag dich, er ist eben ein Junge, er hat eine andere Art, seine Zuneigung zu zeigen. Wir sind doch jetzt wieder eine richtige Familie. Der Junge, ich haßte ihn, konnte noch nicht schwimmen. Im Wasser war ich ihm über. Ich schwamm hinaus, so weit, daß ich die Menschen am Ufer nur noch als kleine Figuren sah. Ich schwamm und wartete darauf, daß mich mein Vater rief, oder daß er mir nachschwamm, mich mit seinen kräftigen Zügen einholte, Besorgnis zeigte. Vergeblich. Ich schwamm bis an die Grenze meiner Kräfte. Kein Vater, der mich angstvoll zum Umkehren aufgefordert hätte. Als ich außer Atem wieder am Ufer ankam, fühlte ich mich trotz meiner achtbaren Schwimmleistung wie besiegt. Ich warf mich auf mein Badetuch, aber darauf hatte der Junge nur gewartet. Einmal bewarf er mich mit kleinen Steinen, ein anderes Mal schüttete er einen Eimer Wasser über meinen Rücken, sodaß das Buch, in dem ich las, ganz durchweicht war, die Blätter mußten tagelang in der Sonne trocknen und blieben schließlich ganz wellig. Und zuletzt, als ich nackt unter der Dusche stand, entdeckte ich, daß mich der Junge durch das halboffene Fenster feixend begaffte und Anstrengungen machte, hereinzuklettern. Er hatte sich schon auf das Fensterbrett geschwungen. Ich schrie, ich glaube, ich schrie: Raus! Ich schrie auch: Papa, Papa! riß mein Badetuch vom Haken, wickelte es um mich, sprang auf einen Hocker, wollte das Fenster zuschlagen. Er stemmte sich dagegen. Ich drückte mit aller Kraft gegen die Scheibe. Plötzlich klirrte es, ich fuhr mit meiner Faust durch das Glas, die Splitter zerschnitten mir die Hand. Jetzt verblute ich, dachte ich, ich sterbe vor Wut, und ich war damit ganz einverstanden. Ich spürte das Blut warm aus mir herausrinnen, es tat noch nicht weh, setzte mich auf den kalten Boden und betrachtete die rote Lache, die sich um mich bildete. Kurz bevor mich mein Vater entdeckte, ich hatte ihn immerhin meinen Namen rufen hören, der Junge war verschwunden, begann ich zu lachen, ich fror. Er rief mich, suchte mich, seine Stimme bekam einen ungehaltenen Klang, ich lachte. Schließlich, ich lachte und schlotterte vor Kälte, fand mich mein Vater. Ich glaube, er sagte: Was hast du denn da wieder gemacht? Bist du verrückt geworden?

Im Krankenhaus, die Frau meines Vaters konnte die Landessprache, wurden die Wunden genäht. Sehnen waren durchtrennt. Seither kann ich den Zeigefinger und den Mittelfinger der linken Hand nicht mehr ausstrecken. Sie krümmen sich in die Handfläche. Die linke Hand sieht aus, als würde sie immer eine Faust ballen wollen. Gott sei Dank nur die linke Hand. Du bist ja Rechtshänderin, sagte mein Vater. Ich bekam einen Verband, schluckte schmerzstillende Medikamente, saß zwei Wochen unter dem Sonnenschirm am Strand und schaute dem Vater, der Frau und ihren Kindern zu, wie sie sich in den Wellen vergnügten. Der Junge hatte sich nicht verletzt. Er hatte mit seinen Händen auch nicht gegen das Glas gedrückt, sondern gegen den Fensterrahmen. Gegen das Glas drücken, sagte die zukünftige Frau meines Vaters, wer tut denn so etwas! Damals fühlte ich einen wilden Schmerz nach meiner Mutter. Ich hätte ihr gerne geschrieben. Doch mein Vater wollte nicht, daß ich mit ihr Kontakt aufnehme, das wußte ich, schon ihre Erwähnung machte ihn wütend. Ich schrieb an Lisa eine Karte, erwähnte, daß ich mich verletzt hatte. Lisa war damals schon erwachsen, jedenfalls hatte der Vater keine Macht mehr über sie. Sie hatte eine eigene Wohnung und hatte gerade ihr Studium begonnen. Von Lisa erfuhr meine Mutter von der Verletzung. Als wir wieder zu Hause waren, rief sie mich an. Die Frau meines Vaters war am Telefon, unwillig gab sie mir den Hörer und ging nicht aus dem Raum. Was ist los, wie geht es dir? fragte meine Mutter. Gut, sagte ich. Was hast du? Ist etwas los? Nichts, sagte ich. Sag doch was! bat meine Mutter. Nein, sagte ich. Ich legte auf.

Warum fiel mir das jetzt ein? Wollte ich Lisa wieder eine Geschichte erzählen? Mit meinen Geschichten die ihren auslöschen? Vergiß das doch endlich, würde sie sagen. Du warst dreizehn und jetzt bist du vierunddreißig. Einundzwanzig Jahre sind seither vergangen.

Aber meine verkrümmten Finger! Ich hatte die Behinderung wieder gespürt, als ich Alma half, die Matratze in den anderen Raum zu schieben. Es war mir schwer gefallen, mit der linken Hand anzupacken. Jetzt schmerzte sie mich, sie war immer noch empfindlich und würde es gewiß auch bleiben. Gott sei Dank, nur die linke, du bist doch Rechtshänderin, hörte ich damals von allen. Es stimmt, die lädierte Hand behinderte mich beim Malen nicht, aber die Erinnerung an meine Verletzung.

Weg, dachte ich, hinaus.

Ich sah den Schriftsteller in der Küche wirtschaften. Er winkte mir durch die Glastür zu.

Willst du einen Cappuccino mit mir trinken, rief er, als ich näher kam.

Gerne. Ich glaubte plötzlich, ein Cappuccino könnte alles gutmachen. Er lächelte mich an, und sein verquollenes Sloterdijk-Gesicht verschönte sich. Amadeus, sagte ich, ein schöner Name. Und so unpassend, dachte ich. Mein Vater ist Musikwissenschaftler und Mozartexperte, und meine Mutter sah in dem Namen, den sie mit »Liebling der Götter« übersetzte, quasi ein Amulett gegen das Verhängnis. Ich war ja ein Wunschkind, ein Spätgeborener, erklärte er eifrig.

Und, fragte ich, wirkt das Amulett?

Bis jetzt schon, ich kann mich nicht beklagen.

Vielleicht hat man mir den falschen Namen gegeben, sagte ich und biß mich auf die Lippen, schon zuviel preisgegeben.

Xenia, fragte Amadeus, die Fremde?

Ja, so ähnlich. Schmeckt gut, der Cappuccino.

Illy, sagte Amadeus. Ich schwöre auf Illy, auch aus politischen Gründen.

Ich schwieg, fand sein Argument sympathisch, fürchtete mich aber vor einer unversehens überschwappenden Gleichgestimmtheit. Je mehr Einmütigkeit, umso geringer die Distanz und umso größer die Gefahr, daß er mich wieder nach meiner Mutter fragen würde. Ich hatte den Kaffee beinahe ausgetrunken, als Alma in die Küche trat.

Auch einen Cappuccino? rief ihr Amadeus entgegen.

Ein Cappuccino wäre gut! sagte Alma und setzte sich auf den dritten Stuhl. Das Handy neben mir klingelte. Ich merkte, wie ich innerlich zusammenzuckte. Lisa!

Das ist für mich, sagte Alma. Ich reichte ihr den Apparat über den Tisch. Alma stand auf und verließ, die Kaffeetasse in der einen, das Telefon in der anderen Hand, die Küche. Davongekommen, dachte ich. Amadeus, das erkannte ich an seiner Miene, hatte ebenfalls auf einen Anruf gewartet. War das nicht lächerlich, da saßen wir zu dritt in Rom in einer Küche und warteten jeder auf einen Anruf. Ich warte nicht, verbesserte ich mich, ich fürchte mich davor. Amadeus schob seinen Stuhl zurück, wischte mit seinen Handflächen an den Seitennähten seiner Jeans auf und ab.

Ich glaube, ich muß noch was tun.

Ich nickte, *Ciao*, wartete, bis er die Tür seines Zimmers hinter sich geschlossen hatte, räumte den

Tisch ab, spülte die Tassen, warf einen Blick in den düsteren Lichtschacht. Wie spät? Sechs Uhr. Eine gute Zeit, um noch einmal wegzugehen.

Ich überlegte, ob ich mir ein Eis kaufen sollte, entschied mich dann für ein Café an der Piazza Navona, ein Touristenlokal, ein Nepplokal, ich merkte es gleich, aber ich blieb sitzen. Ich überblickte von hier aus den Platz, saß wie im Theater in der ersten Reihe, die Piazza eine Bühne, auf der ein unsichtbarer Regisseur Menschengruppen hin und her dirigierte. Seltsam unbeteiligt und doch berührt. Ich bestellte einen Espresso. Vielleicht zuviel Kaffee? Zu spät. Auch er sündteuer. *Troppo caro*, dachte ich, sagte ich nicht. Was saß ich auch hier, kein Römer würde sich hier sehen lassen. Ich betrachtete die Finger meiner linken Hand. Meine Mutter, die mich schließlich doch zu sich geholt hatte, so spät, daß nichts mehr ganz gutgemacht werden konnte, wie ich mir sagte, konsultierte die besten Handchirurgen, sie wollte nicht, daß ihre Tochter verkrüppelte Finger habe. Meine Hand machte ihr Schuldgefühle, das merkte ich. Die Mutter wollte alles wieder begradigt haben, die Finger vor allem. Die Ärzte befanden einhellig, das Risiko, daß bei der Operation ein Nerv verletzt würde, sei zu groß, sie könnten einen Erfolg nicht garantieren. Es bestehe immerhin die Gefahr, daß sich nach einem Eingriff die nun gekrümmten Finger nicht mehr würden krümmen lassen und ausgestreckt, aber steif blieben. Meine Mutter wollte die Operation trotzdem, sie hatte nie ein Risiko gescheut. Aber ich wehrte mich, ich sagte nein. Das mußte meine Mutter akzeptieren. Seither sprachen wir nicht mehr darüber, doch vorher: Mit diesen Fingern kannst du nicht Schreibmaschine schreiben, sagte Mutter, die das Zehnfingersystem beherrschte und als Schriftstellerin aus dieser Fähigkeit Nutzen zog. Das gehöre heutzutage zur Allgemeinbildung. Ich werde keine Sekretärin und keine Schriftstellerin, sagte ich, ich will Malerin werden, und Pinsel und Bleistift halte ich in der rechten Hand. Okay, sagte die Mutter. Manchmal hatte ich das Gefühl, daß es ihr gefiel, wenn ich mich ihr widersetzte. Da glaubte ich, in ihren Augen Wohlwollen zu lesen. Das würde ich Lisa am Telefon sagen, daß unsere Mutter eigentlich immer Widerstand herausgefordert hatte. Die Mutter wollte ein Nein, gegen das sie angehen konnte, würde ich Lisa sagen. Ich fühlte mich plötzlich wieder leicht, lehnte mich in meinem Stuhl zurück und beobachtete die Menschen auf dem Platz und stellte ihn mir unter Wasser gesetzt vor oder als Arena. Aus dem Gewühl stach eine junge Frau heraus, die Menschen drehten sich nach ihr um. Alma. Das Ebenmaß ihrer Gestalt, der Gang, selbstbewußt und stolz, dachte ich. Ich hatte sie sofort erkannt. Alma bemerkte mich, hob leicht den Arm, kam an meinen Tisch und setzte sich. Sie strich sich eine Locke aus der Stirn, heiß, sagte sie, und bestellte sich ein Gelato. Plötzlich fühlte ich mich an meinem Tisch wie auf einer Bühne, wir waren die Bühne, die Zuschauer waren die anderen. Alma zog alle Blicke auf sich, die der Frauen und die der Männer. Merkte sie das? Sie wolle schon morgen mit der Arbeit beginnen, sie habe einen Auftrag. Architekturfotos. Sie habe schon in London fotografiert, in Paris und nun Rom. Eine Serie, Bildbände. Und du, fragte sie, du malst? Ja, sagte ich und verspürte einen Drang, mich ihr anzuvertrauen, im Augenblick bin ich ein bißchen blockiert, fühle mich wie eingesperrt in meinem Kopf. Ich möchte etwas ganz Neues anfangen, vielleicht Gesichter. Nein, nicht nur Gesichter. Frauen, in dieser Stadt, in einer besonderen Situation … Ich schwieg, ich hatte zuviel verraten. Unsicherheit gezeigt. Mein Vater hatte gesagt, merk dir das für alle Zeit: Du darfst nie Unsicherheit zeigen. Was glaubst du, wenn ich an mir zweifeln würde oder gar meine Zweifel nach außen tragen, dann hätte ich nie die Prokura in meiner Firma erhalten.

Ich habe früher Porträtfotos gemacht, sagte Alma, dann Akt, dann Landschaften, und jetzt bin ich bei der Architektur angelangt. Man muß das Sujet öfter wechseln, jedenfalls in der Fotografie. Mich interessieren Gebäude und Skulpturen. Das ist ein ganz anderes Fotografieren, verlangt eine andere Kameraführung. Allerdings, dein Gesicht, das würde ich gerne fotografieren, sagte Alma. Es hat einen Ausdruck, der mich irritiert und interessiert. Ich lachte unsicher. Ja, ich weiß, ich bin nicht schön.

Blödsinn, sagte Alma, die mich aus ihren grünen Modigliani-Augen aufmerksam betrachtete. Grüne Augen, braune Haare, kupfern glänzend. Eine Undine. Ein Klischee.

Das möchte ich sichtbar machen, diesen Ausdruck, sagte Alma.

Ich faßte mich, schaute sie an. Gut, wenn du mich fotografierst, dann könnte ich dich malen. Ich stockte, es wenigstens versuchen.

Einverstanden! Alma lächelte. Ich entdeckte kleine Falten um ihre Augen. Sie ist mindestens in meinem Alter, wahrscheinlich älter, vierzig?

Ich erschrak, errötete, es war mir nur herausgerutscht. Alma zu malen, das hieße, sie stundenlang in meiner Nähe zu haben, ihr stundenlang ins Gesicht schauen oder ihre Bewegungen studieren zu müssen. Es würde eine Nähe herstellen, vor der ich jetzt zurückschreckte. Virginia Woolf konnte es nicht ertragen, gemalt zu werden, trennte sich von Stephen Tomlin, noch bevor er ihre Büste fertigstellen konnte. Aber gab es denn das, eine Befangenheit des Malers vor seinem Modell?

Allerdings, ich versuchte einen Rückzug, muß ich erst meine Blockade überwinden. Im Augenblick geht gar nichts.

Du mußt locker werden, sagte Alma, die plötzlich etwas Fürsorgliches bekam, und ich kam mir vor wie ein Kind und war entwaffnet. Alma hatte das Eis gegessen, rief: *Signore!* Der Kellner kam sofort, sie bezahlte, stand auf, strich mir leicht über den Arm, wir sehen uns später. Alle wandten die Köpfe und schauten ihr nach, bis sie in der Gasse verschwunden war.

3

Alma und der Schriftsteller saßen um den Tisch und waren dabei, ihren Frühstückscappuccino zu trinken, als ich, noch in meinem abgetragenen Morgenrock, in die Küche kam. Sie trug ein ausgeschnittenes, meergrünes, enganliegendes Sommerkleid aus Viskosejersey und war offenbar bereit, das Haus zu verlassen. Ich muß das Morgenlicht ausnützen. Will nach Trastevere, die hl. Cäcilia fotografieren. Kommst du mit?

Ich war überrascht, errötete wieder wie eine dumme Gans, zögerte, bis Amadeus von seiner Kaffeeschale aufblickte, uns musterte, und als ich immer noch überlegte, fragte: Vielleicht könnte ich mitkommen?

Rasch sagte ich: Wenn du warten kannst, bis ich fertig bin, komme ich gerne mit. Amadeus senkte den Kopf, auch er war leicht errötet. In mir mischte sich Mitleid mit Abneigung. Es war ein kleiner, kindischer Triumph.

Ich beeilte mich mit der Morgentoilette, ich fühlte mich durch die Einladung ausgezeichnet.

Wir brachen auf. Alma zog ihre Kamera mit dem Stativ auf Rädern hinter sich her, sie wollte trotz der engen und rumpeligen Gehsteige nicht die

Straßenbahn nehmen, weil sie sich durch die langsame Annäherung an ihr Objekt auch psychisch intensiver darauf vorbereitete, und ich, die ich an meinem Skizzenblock leicht trug, war damit einverstanden. Mich interessiert vor allem die hl. Cäcilia von Stefano Maderno, erklärte sie mir. Ich habe sie im Vorjahr, als ich für einige Tage hier war, entdeckt. Es war nicht leicht, die Genehmigung zu bekommen, in der Kirche zu fotografieren. Das würde die Ruhe des Gotteshauses stören. Schließlich erreichte mein Verleger, der einen Draht zum österreichischen Botschafter im Vatikan hat, die Genehmigung. Wahrscheinlich hat er dafür bezahlt. Natürlich müssen wir uns auch die Fresken von Cavallini anschauen, das ist herrlichstes Mittelalter. Aber die Liegefigur der Heiligen so abzubilden, wie sie noch nie gesehen worden ist, das stelle für sie eine große Herausforderung dar. Du als Malerin hast es leichter. Auf der Leinwand hat die Plastik immer deine unverwechselbare Handschrift, deine Subjektivität. Der Betrachter wird in deinem Bild plötzlich etwas entdecken, was er an dem Objekt noch nicht gesehen hat, weil du ihm deine Emotionalität vorführst. Aber ich habe nur mein Objektiv. In einer Fotografie glaubt man immer die Wirklichkeit zu sehen, etwas Objektives. Ich will aber mehr sichtbar machen als die scheinbare Wirklichkeit. Die hl. Cäcilia ist schon tausendmal fotografiert worden, warum gerade ich sie noch einmal fotografiere, dafür muß ich mich rechtfertigen mit einem neuen Bild, das beim Betrachter das Gefühl hinterläßt, etwas ganz Neues gesehen zu haben.

Der Straßenverkehr machte eine weitere Unterhaltung über dieses Thema unmöglich. Wir gingen eine Weile schweigend nebeneinander her.

Ich bin zum ersten Mal in Rom, sagte ich, als wir in eine Nebenstraße einbogen.

Darum beneide ich dich, antwortete Alma, es ist immer herrlich, etwas zum ersten Mal zu sehen oder zu hören oder zu tun. Ich bin gespannt, wie die Plastik auf dich wirkt. Kennst du die Legende von der hl. Cäcilia?

Ich kannte sie nicht.

Cäcilia war eine römische Märtyrerin zur Zeit der Christenverfolgungen. Sie bekehrte ihren heidnischen Bräutigam Valerianus zum Christentum, sie gelobte, keusch zu bleiben. Bei der Hochzeit sang sie heimlich zu Gott für die Erhaltung ihrer Jungfräulichkeit ein Gebet, deshalb wurde sie im späten Mittelalter zur Patronin der Musik. Irgend jemand hatte sie wohl beten gehört und sie verraten. Sie wurde in siedendheißes Öl geworfen, blieb aber unversehrt. Danach sollte ihr der Kopf abgeschlagen werden, der Henker versuchte dreimal vergeblich, sie zu enthaupten, erst Tage später starb sie an den Verletzungen. 1599 wurde der unversehrte Körper der Heiligen wieder aufgefunden und Kardinal Sfondrato ließ von Stefano Maderno ein Marmorbild anfertigen, das die Heilige in der Haltung zeigte, in der sie aufgefunden worden war.

Ich schaute Alma von der Seite an. Sie erzählte die Legende mit einem Ernst, als würde sie sie für wahr halten. Ich lächelte. Das klingt, als würdest du die ganze Geschichte tatsächlich glauben?

Sicher, sagte Alma, ich glaube daran. Was schadet es, sie für wahr zu halten? Wenn du die Marmorskulptur siehst, weißt du, daß die Geschichte stimmt. Wenn ich das nicht fühlte, würde ich mich nicht bemühen, sie auf meine Weise künstlerisch umzusetzen. Man muß überhaupt viel mehr glauben. Man muß alles glauben. In Rom ist glauben Pflicht, sagte sie.

Gut, sagte ich, ich tue so, als würde ich glauben.

Nur wenn du glaubst, zeigt dir Rom seinen Reichtum, sagte Alma und ich überlegte, ob es möglich war, sich vorzunehmen zu glauben. Du mußt glauben, sagte sie. Als ob sie sagte, du mußt lieben. Ich wehrte mich. Im Religionsunterricht hatte der Katechet gesagt, der Glaube sei eine Gnade, und jetzt sollte ich glauben müssen. Ich entschloß mich für das Als-ob. Ich wollte mir selbst den Glauben an die Heiligenlegende vorspielen. Was hatte ich dabei zu verlieren? Und ich fühlte eine eigenartige Befreiung, als ich mich dazu entschlossen hatte, mich so schnell dazu entschlossen hatte. Wer war diese Frau, die mir solche Maximen aufzudrücken verstand?

Die Chiesa Santa Cecilia hatte einen Vorhof, das war ungewöhnlich, wahrscheinlich hatte sich an dieser Stelle ehemals ein Atrium befunden. Über den mit Rosenstöcken bepflanzten Platz führten Kieswege, in der Mitte stand ein Reinigungsbrunnen mit einer antiken Vase. Eine Oase der Stille in diesem lebhaften Viertel. Vor der schlichten Barockfassade ein Portikus mit ionischen antiken Säulen und dahinter ragte der romanische Campanile empor. Alma ließ mir keine Zeit, die Anlage auf mich wirken zu lassen, sie kannte sie und schien sich ausschließlich für die Plastik zu interessieren. Ich rannte hinter der Vorauseilenden her, wir betraten den dreischiffigen lichtdurchfluteten Chor. Unter dem schönen gotischen Tabernakel in einer Nische die Figur aus Carraramarmor. Die Umrahmung der Höhlung war aus rötlichem und blaugeädertem Marmor und lenkte den Blick auf die Liegende. Die Plastik beherrschte den Raum. Alma blieb stehen. Sie flüsterte mir ins Ohr: Schau doch, dieses Licht.

Ich setzte mich in die dritte Bankreihe und ließ das Licht und die hl. Cäcilia auf mich wirken, beobachtete Alma, wie sie vor der Figur hin und her ging, stehenblieb, sie betrachtete; sie machte den Eindruck eines Jägers, der ein Wild im Visier hat. Oder eines Diebs, der den günstigsten Einstieg in eine Villa sucht. Die einfachen, biegenden Linien, in denen der Künstler das Gewand der toten Heiligen geformt hat, bildeten einen Kontrast zu den auffallenden, dramatischen Faltenwürfen, wie man sie von Bernini kannte. Ich kannte bisher nur seine hl. Theresia und den beinahe wollüstigen Faltenwurf ihrer Kleidung, der die Erregung der Figur anschaulich machte. Ihre Lust zur Hingabe war auch darin verdeutlicht. Doch hier schmiegte sich das schlichte Gewand, das jungfräulich bräutliche, an den Körper der Heiligen, die uns seine Vorderseite zeigte, die Arme vor sich, ausgestreckt, leblos, erschlafft, die Hände aneinandergeschmiegt, der Zeigefinger der linken Hand ausgestreckt, der feine Hals zeigte einen scharfen Einschnitt, wo der Henker versucht hatte, sie zu enthaupten, was ihm, der Legende nach, nicht gelungen war, wie ich glauben sollte und was die Skulptur zu bezeugen schien. Das Gesicht war abgewandt, der Bildhauer ließ dem Betrachter nur einen Teil der linken Gesichtshälfte ahnen, die Haare waren umwickelt von einem weißen Tuch, ein vielfach geraffter Nonnenschleier, aus dem ein Teil des Ohrs hervorlugte, ein Ohrläppchen. In dieser Haltung soll die Heilige nach Hunderten von Jahren unversehrt aufgefunden worden sein. Das Licht, das durch die Chorfenster fiel, und das Alma so entzückte, verlieh dem weißen Marmor und dem schlichten Faltenwurf eine eigenartige Lebendigkeit. Nun verstand ich ihre Begeisterung. Sie winkte mich zu sich heran. Siehst du, wie das Licht sie zum Leben erweckt? Diese säuberlich angeschnittene Kehle! So kühl, so unspektakulär, der Schnitt liegt wie ein zartes, schmückendes Band um ihren Hals. Wirkt es nicht fast kokett? Ich beobachtete fasziniert, wie Alma die Marmorplastik mit tänzerisch anmutenden Bewegungen umschlich, bis sie endlich die richtige Stelle gefunden hatte, wo sie ihre Kamera plazieren wollte. Sie klappte das Stativ auseinander, brachte darauf die schwere Fachkamera in Position. Sie beugte sich vor und preßte ihr Gesicht an die Kamera. Ein reinlicher Schnitt, ein schöner Mord, wie es sich für eine Heilige mit Keuschheitsgelübde gehört, sagte ich. Alma antwortete nicht. Nur einen Fuß läßt Maderno aus dem Kleid hervorlugen. Ungewöhnlich, sagte ich, die zweite Zehe neben der großen ist länger. Hab ich auch, sagte Alma, und sie streckte mir ihren Fuß in der Sandale entgegen, ohne sich von der Kamera zu lösen.

Ich möchte ihr Gesicht sehen, sagte ich. Ob er es ausgeführt hat? Ist es friedlich, ist es verzerrt, steht der Mund offen, die Augen?

Aber das ist es ja gerade, belehrte mich Alma. Das wäre doch banal, das Gesicht, wie immer er es aufgefaßt hätte, sichtbar zu machen, es würde uns gleichgültig lassen. Genau diese Haltung, diese unnatürliche Drehung des Kopfes über dem angeschnittenen Hals, mit dem hochgeschobenen Nonnenschleier, das ist doch das Aufwühlende an ihr. Natürlich möchten wir ihr Gesicht sehen, und daß wir es nicht dürfen, macht ihre Faszination aus.

Die Haltung erinnert mich ein wenig an Brodwolfs Tubenfiguren, sagte ich, in der Mitte zusammengequetscht und gedreht.

Na ja, sagte Alma, glaubst du nun an ihre Geschichte?

Eine Ermordete, die man berühren möchte,

zärtlich streicheln, in die Arme nehmen, sagte ich ausweichend.

Eine Heilige eben, sagte Alma.

Ich legte meinen Skizzenblock auf die Knie und begann zu zeichnen. Ich zeichnete einige Blätter und dachte, daraus muß sich was machen lassen.

Schließlich packte Alma ihre Fotoausrüstung zusammen und sagte, den Cavallini wollen wir uns ein anderes Mal anschauen. Ich bin fertig. Wir gehen. Ich widersprach nicht, klappte meinen Skizzenblock zusammen und trottete hinter der Frau her, deren grünes Kleid am Rücken und unter den Ärmeln feuchte Flecken hatte. Vor dem Ausgang kaufte ich einige Ansichtskarten der Heiligen-Skulptur. Wenn du meine Aufnahmen siehst, kannst du die wegwerfen, sagte Alma.

In der Kirche war es kühl gewesen, offenbar hatte Alma ein schöpferischer Furor in Schweiß kommen lassen. Ich beneidete sie darum, denn ich selbst war bei meiner Arbeit nicht in Hitze geraten. Ich blieb hinter Alma, die es nicht merkte, einen Schritt zurück, studierte ihren Gang und die Haltung und mit welcher Grazie sie die schweren Aufnahmegeräte hinter sich herzog. Dagegen bin ich ein Trampel, dachte ich bitter. Vielleicht werde ich sie bald hassen. Vielleicht wird sie mir bald unerträglich. Ich hätte Amadeus den Vortritt lassen sollen, welche Verwirrungen hätten sich auf seinem Gesicht abgezeichnet. Ich hätte ihn studieren können und es hätte mich belustigt. Ein oberschwäbisches, von der

Leidenschaft verwüstetes Gesicht. Das stellte ich mir eingehend vor. Immer noch schritt Alma vor mir her, ich hätte mich ihr zur Seite gesellen können, aber ich konnte nicht aufhören, ihren stolzen Gang zu betrachten, die königliche Haltung, andere Wörter fielen mir nicht ein, ich suchte nach keinen anderen, ich war keine Schriftstellerin. Ich war Malerin, ich war ein Augenmensch, und ich forschte nach einem Makel an der vor mir Schreitenden und konnte keinen finden. Jetzt fühlte ich mich herausgefordert, sie zu malen, verstand meine ängstliche Zurückhaltung nicht mehr. Alma wandte sich um. Komm, sagte sie, wir nehmen die Straßenbahn, ergriff meinen Arm, komm. In Trastevere wohnt ein Schriftsteller, den ich kenne. Ein Deutscher. Bestsellerautor. Schreibt Historienschinken. Sieht aus wie eine Reinkarnation von Pietro Aretino. Den mußt du kennenlernen.

Warum? Ich wollte keine Schriftsteller kennenlernen.

Er ist amüsant, ein toller Typ. Schweigend saßen wir nebeneinander, es war heiß geworden. Mittagshitze. Was hast du abends vor? fragte Alma und wischte sich den Schweiß von der Stirn. Seltsam, dachte ich, mir ist heiß, aber ich schwitze nicht. Irgend etwas ist mit mir nicht in Ordnung. Heute Abend? Ich hatte nichts vor. Dann weiß ich, was wir machen, wir machen einen Besuch. Du wirst ihn interessant finden. Um acht Uhr, zieh dich schick an.

In der Wohnung angekommen, verkrochen wir uns in unseren Ateliers. Auch der Schriftsteller war nicht zu sehen.

Ich saß vor der leeren Leinwand und war verwirrt. Verwirrt wegen der plötzlichen Klarheit, daß ich Alma malen wollte, nein, mußte. Der Wunsch, ein bestimmtes Motiv zu malen, entstand bei mir immer aus der Verschmelzung irgendeiner inneren Veranlassung mit einer zufälligen Anschauung. Die Schönheit, dachte ich, nur die Schönheit hat wirklich Gewalt über mich. Ich betrachtete meine Skizzen. Alma mit der Kamera, wie sie hantierte, wie sie ihren Körper beugte, streckte, ich sah sie aus dem Profil, sah ihre Haare, wie sie ihr über die Schulter fielen, wie das einfallende Licht Rottöne aus dem Braun lockte, wie es glänzte. Und die Liegende in weißem Marmor, in einer unnatürlichen, verrenkten Körperhaltung, den Kopf nach hinten gedreht. Ich begann mit dem Grundieren der Leinwand, das Licht im Atelier war ausgezeichnet. Es klopfte. Amadeus' Stimme, Xenia, bist du da? Ich schwieg. Deine Schwester will dich sprechen. Ich ballte die Faust und hieb damit auf meine Schenkel, stand auf, öffnete die Tür. Amadeus hielt mir das Handy hin, deine Schwester, sagte er, es scheint dringend. Ich nahm es entgegen, schüttelte verärgert den Kopf, Amadeus hob die Schultern, drehte die Handflächen nach oben, bedeutete mir, was sollte ich machen? Ist okay, sagte ich und hielt mir das Handy ans Ohr.

Störe ich? fragte Lisa.

Wie geht es Mutter, fragte ich zurück, besser?

Ach, Lisa seufzte, unverändert.

Was sagen die Ärzte? fragte ich.

Wir sollen die Hoffnung nicht aufgeben. Sie haben uns von einem Fall erzählt, einer Frau, im Alter unserer Mutter, die nach einem halben Jahr im Koma plötzlich wieder aufgewacht war, sagte Lisa mit kleiner Stimme, einfach aufgewacht, als wäre nichts gewesen. Ich schwieg. Kommst du gut voran, mit dem Malen, meine ich?

Ich beginne gerade, antwortete ich und überlegte mir jedes Wort, ich habe den Kopf voller Bilder. Es ist, als ob sich diese Bilder meines Kopfes bemächtigt hätten, sie wollen hinaus. Das klang schwülstig, ich spürte es, aber es war der richtige Ton, anders war der Schwester nicht beizukommen.

Na dann, sagte Lisa, ich wollte dir nur sagen, daß ich dich verstehe. Bleib nur in Rom, die Mutter merkt es ja tatsächlich nicht, wenn du nicht da bist. Ich bin ja bei ihr. Walter hat sich Urlaub genommen, er kümmert sich um die Kinder, damit ich bei ihr bleiben kann. Der Arzt sagt, das sei wichtig. Auch wenn sie nicht reagiere, sie würde spüren, daß ich bei ihr bin.

Woher will der Arzt das wissen, wollte ich sagen, verschluckte die Frage aber. Weißt du, es ist schön, bei ihr zu sitzen. Sie zu streicheln. Es ist ganz still in ihrem gläsernen Zimmer, nur die Geräte machen ein wenig Krach, und ich höre meine Stimme.

Meine Stimme kommt mir in dieser Umgebung fast fremd vor. Manchmal glaube ich, irgend jemand anderer spricht, und ich bin versucht, mich umzudrehen und nach ihm zu suchen. Das ist verrückt, nicht? Dabei sind es ja meine Geschichten, die ich ihr erzähle, die kein anderer so erzählen könnte. Auf dem Monitor sehe ich diese grünen Wellenlinien, auf und ab, es beruhigt mich, zu sehen, dass sie lebt. Diese Linien, ihr rasches Auf- und Abfluten, das macht mir Hoffnung, seltsam, nicht? Ja, ich spreche die ganze Zeit mit ihr, ich erzähle ihr, wie ich mich an sie erinnere, als wir noch Kinder waren und alle beisammen. Wieviel einem da einfällt, du kannst es dir nicht vorstellen, was alles aus einem hervordrängt und gesagt werden muß. Es tut mir gut, ihr und mir zu erzählen. Es ist, als erlebte ich meine Kindheit noch einmal mit ihr. Ich erzähle ihr auch von dir, von deinem Rom-Aufenthalt und daß du bald kommen wirst. Nur für den Fall, daß sie doch etwas mitkriegt und damit sie sich freut.

Und du erzählst alles, wie es gewesen ist? Die Wahrheit? Erzählst du auch, wie du mich aufgegriffen hast auf der Eisenbahnbrücke in Linz, weil mich mein leiblicher Vater, fünfzehn war ich damals, aus der Wohnung geworfen hatte, nein, weil mich seine zukünftige Frau aus der Wohnung geworfen hatte und ich nicht wußte wohin? Weil sie, unsere Mutter, längst bei einem anderen Mann in Deutschland wohnte, in einer Kleinstadt, von der ich noch nie etwas gehört hatte. Überhaupt Deutschland, was wußte ich von Deutschland? Wie ich in der Stadt herumgeirrt bin, nicht einmal einen Mantel ließen sie mich anziehen, so eilig hatten es mein Vater und seine zukünftige Frau, mich aus der Wohnung zu werfen. Es war im März, und ich fror erbärmlich, schließlich stand ich an der Donau, auf der Eisenbahnbrücke, ich weiß nicht mehr, wie ich da hingekommen war.

Gott sei Dank, unterbrach mich Lisa, Gott sei Dank, daß du mich angerufen hast.

Ja, zufällig stand da eine Telefonzelle und zufällig hatte ich ein paar Groschen in der Tasche, und glücklicherweise warst du zu Hause, sagte ich und ich merkte, wie anklagend meine Stimme klang, und ich dachte, das ist nicht gerecht, was kann meine Schwester dafür, sie hat mich ja damals gerettet.

Ich habe dich angefleht, sagte Lisa, ja, ich erinnere mich, wie könnte ich das vergessen, bleib, wo du bist, habe ich dich beschworen, ich komme, gleich bin ich bei dir. Ich hatte ein Auto, der neue Mann unserer Mutter hatte mir einen gebrauchten Mini gekauft.

Und weißt du noch, als du mich geholt hast, in welchem Zustand ich da war?

Ich weiß, sagte Lisa sanft, aber das müßtest du ihr erzählen, obwohl sie damit nichts zu tun hatte. Das war unser Vater, der dir das angetan hat, sie wußte doch davon nichts, du wolltest ja nicht mit ihr gehen. Du wolltest bleiben, das darfst du nicht vergessen.

Ja, ich wollte bleiben, ich wollte auch, daß sie bleibt, aber sie war gegangen, sie ging immer, und wir sollten ihr folgen. Ich schwieg. Auch Lisa schwieg, ich hörte sie atmen, trotzdem fragte ich, bist du noch da?

Ja, sagte Lisa leise, ich wollte dich nur informieren, wie es mit Mutter steht. Ich dachte, es interessiert dich. Jedenfalls kannst du beruhigt sein, ich bin bei ihr.

Vielen Dank, sagte ich, meine Stimme klang immer noch hart. Melde dich wieder, ich kann selbst nicht anrufen, kann nur angerufen werden, weil niemand das Handy auflädt.

Verstehe, sagte meine Schwester, die Buben lassen dich grüßen. Und Walter.

Danke, sagte ich, ich grüße sie auch. Sobald ich hier fertig bin, komme ich. Ich komme sofort, wenn ich hier fertig bin.

Wir freuen uns, sagte Lisa und sie legte auf.

Aus, sagte ich, aus, vorbei. Die grundierte Leinwand, was sollte darauf entstehen? Statt zu malen, begann ich hier in Rom an meiner Kindheit zu leiden, benutzte ich die Leiden meiner Kindheit als Waffe gegen eine Mutter, die sich nicht mehr zur Wehr setzen konnte, sollte das Erlittene meine Verweigerung rechtfertigen.

Wenn das so weitergeht, dachte ich, wäre es da nicht gleich das beste, die Koffer zu packen und ans Krankenbett zu fahren, wenn mich jeder Anruf so aus der Bahn warf? Auf diese Weise konnte nichts entstehen. Auch die Juroren würden einsehen, daß ich meinen Aufenthalt unterbrechen müsste. Das tut uns leid, würden sie mir bedeuten, doch, nein, verlängern können wir Ihren Aufenthalt nicht, Sie werden verstehen, im nächsten Monat ist das Atelier bereits vergeben. Sie können sich aber wieder bewerben, frühestens in drei Jahren.

Ich mußte bleiben, ich würde malen, ich würde etwas zustande bringen. Doch jetzt brauchte ich jemanden, dem ich klagen konnte, wie unzufrieden ich mit mir war, daß ich mit der Arbeit nicht vorwärtskam, wie zitternd und unheimlich mir zumute war. Ich nahm meine Skizzen wieder zur Hand, legte sie auf dem langen Ateliertisch nebeneinander. Gut, dachte ich, die sind doch gut. Und schon begann sich in mir etwas zu regen, zaghaft, wie eine kleine Freude. Ich muß noch einmal hinaus, es reicht nicht, ich muß noch einmal auftanken. Brauche noch Licht und Farben. Ich stellte mich vor den Spiegel in meinem Schlafzimmer. Woher will ich wissen, daß ich nicht schön bin? Was ist das Nicht-Schöne an mir? Was ist schön? Was sehe ich? Helle Haare, dünn und spröde, eine zu große Nase, gekrümmt, die Lippen zu schmal, der Mund sogar etwas schief, die Augen braun, sie gehörten betont, dann würden sie vielleicht leuchten, die Wimpern gefärbt. Nein, ich war nicht schön, ich war nicht häßlich, ich war unauffällig. Und doch wollte Alma an mir etwas Interessantes entdeckt haben. Und die Figur? Zu kleine Brüste, zu kurze Beine, der Hintern zu dick. Es fehlte am Ebenmaß. Das Ebenmaß, das Alma hatte. Diese vollkommene Körperlinie. Beine, Hüften, Taille, Brüste, Hals. Die Symmetrie des Gesichtes. Etwas, das auch das Alter nicht gänzlich zerstören konnte. Ich vergaß, daß ich noch einmal hinaus wollte. Es fiel mir ein, ich sollte mich schick anziehen.

Ich hatte nichts, um mich schick anzuziehen. Ich weigerte mich, dem Befehl zu gehorchen, denn ich hatte es als einen Befehl empfunden. Ich bin nicht schick, und ich ziehe mich nicht schick an und ich nahm dann doch das einzige Kleid aus dem Schrank, das ich mitgenommen hatte. Ein gerade geschnittenes Kleid aus schwarzer Baumwollviskose, das meine breiten Hüften kaschierte. Damit konnte ich nichts falsch machen. Pünktlich um acht Uhr klopfte es, Alma betrachtete mich eingehend, das war mir unangenehm, und sagte, gut. Schwarz steht dir nicht schlecht, gibt dir was Merkwürdiges. Wir werden erwartet, sagte sie, aber wir haben noch Zeit, wollen wir zu Fuß gehen?

Wohin? fragte ich.

Nach Trastevere.

Mit ihr hat Rom eine andere Aura, dachte ich, war es möglich, daß eine einzige Person dieser Weltstadt, diesem Kontinent, eine Aura zu geben vermochte? Ich bin glücklich, das ist es, solange ich neben ihr gehe, bin ich glücklich. Es machte mir nichts aus, daß ich neben meiner Begleiterin unsichtbar wurde. Kein Männer-, auch kein Frauenblick traf mich. Und dennoch konnte ich mir einbilden, die Blicke würden auch mich meinen. Komm, sagte Alma, nahm meine Hand, und so gingen wir, Hand in Hand, damit ich dich nicht verliere. Alma kannte den Weg, wir überquerten die Via del Governo Vecchio, kamen an der Chiesa Nuova vorbei, passierten den Corso, gingen über den Ponte Mazzini, dann die Lungotevere della Farnesina entlang, dann bog sie in eine der zahlreichen schmalen Gäßchen ein, pittoresk und anmutig. Vor einem schmalen dreistöckigen, ockerfarbenen Haus hielt Alma an, drückte eine Klingel ohne Namensschild. Wir warteten, schließlich hörten wir schlurfende Schritte, eine alte, stämmige Frau öffnete, ließ uns ein.

Buona notte, Signora, sagte Alma.

Ah, Signora Alma, ich hätte Sie beinahe nicht erkannt, meine Augen, sagte sie, meine alten Augen. Aber meine Ohren sind noch in Ordnung. Ich habe Sie an der Stimme erkannt. Signor Nico erwartet Sie.

Wie geht es ihm? fragte Alma.

Immer beschäftigt, sehr beschäftigt, sagte die Frau und lächelte.

Ich stieg hinter Alma die schmalen, ausgetretenen Treppen hinauf, die Frau war hinter einer Tür im Erdgeschoß verschwunden. Seine Haushälterin, seine Putzfrau, sein guter Geist, ohne sie könnte er sein Leben nicht mehr bewältigen.

Wie heißt er? fragte ich.

Nico, sagte Alma.

Nico?

Du nennst ihn einfach Nico. Er hat seinen Namen italienisiert, er ist auf den Namen Nikolaus getauft. Nikolaus Wolle, aber er nennt sich Nico Voglio. Das ist sein Schriftstellername.

Nie gehört, sagte ich.

Er ist ein Allroundgenie, sagte Alma.

Was nicht gar, dachte ich. Schließlich standen wir vor einer Tür, an der die braune Farbe abblätterte, und Alma drückte eine Klingel. Nach einer Weile hörten wir ein Schnauben, Alma lächelte, er kommt. Es dauerte aber noch eine Weile, bis sich die Tür dann tatsächlich öffnete. Nico war groß, sehr dick, sein rotblonder Vollbart spreizte sich struppig über seiner Brust. Einen schwarzen Schlapphut hatte er tief in die Stirn gedrückt, ich konnte die Farbe seiner Augen nicht erkennen. Er umarmte Alma mit einem lauten Aufschrei des Entzückens, drückte sie an sich, schien sie gar nicht mehr loslassen zu wollen. Alma befreite sich schließlich lachend aus seinen Armen: Meine Freundin, ebenfalls Rom-Stipendiatin, Malerin. Wir wollen zusammen was auf die Beine stellen. Nico wandte sich mir zu, ich fühlte seinen prüfenden Blick unter dem Schatten des Hutes auf mir. Wie reizend! Nahm meine Hand und wollte sie küssen. Ich zuckte unwillkürlich zurück, die Geste kam zu unerwartet.

Sie ist sehr scheu, deine Freundin. Wie heißt sie, fragte er Alma.

Frag sie doch selbst.

Er fragte mich nicht. Sein Desinteresse kränkte mich, aber auch ich hatte ihn vermutlich vor den Kopf gestoßen, indem ich ihm meine Hand entzog.

Nico führte uns in einen Raum, den er als seinen Salon bezeichnete. Es war ein großes Zimmer mit dunkler Holztäfelung, an den Wänden Bücherregale bis an die Decke, auf den ledernen Buchrücken schimmerten goldene Lettern. Die Fenster gingen auf einen mit Pinien bestandenen Hinterhof hinaus. Ohne diesen Ausblick ins Mediterrane hätte der Raum sehr deutsch gewirkt, die Stube eines deutschen Gelehrten, eines Doktor Faustus. Er ließ uns an einem runden Tisch mit schöner Nußholzmaserung Platz nehmen, auf dem eine Flasche Rotwein, eine Karaffe mit Wasser, Käse und Brot bereitstanden. Offenbar hatte er uns tatsächlich erwartet. Kaum hatten wir uns gesetzt, erfuhren wir von seinem Vorhaben, eine Romantrilogie über die Assassinen zu schreiben. Er sei erst dabei, Material zu sammeln. Während wir Wein tranken und Pecorino aßen, entwickelte er seine Konzeption einer bluttriefenden Handlung. Alma zog ihre Kamera aus der Tasche und begann, den Sprechenden zu fotografieren, der Auslöser klickte fortwährend. Unzählige Bilder knipste sie auf diese Weise. Nur manchmal legte sie den Apparat zur Seite, trank einen Schluck Wein und steckte sich ein Stück Käse in den Mund. Nico sprach ununterbrochen, aber ich hatte das Gefühl, daß er nur sich selbst etwas erzählen wollte. Das Fotografieren, das mich anfangs irritiert hatte, war offenbar abgemacht, denn Nico schien es selbstverständlich, er sprach in die Kamera, obwohl er wußte, daß sie nur seine Mimik wiedergeben konnte. Ich entschloß mich meinerseits, das Mienenspiel des Mannes zu betrachten, das mich immer stärker fesselte. Ich bedauerte, meinen Skizzenblock nicht zur Hand zu haben, starrte dem Mann ins Gesicht, der es nicht merken würde, wie ich glaubte. Alma schien ihm konzentriert zuzuhören,während sie fotografierte. Auch ihr Gesicht hatte jetzt einen Ausdruck bekommen, den ich bisher noch nie an ihr wahrgenommen hatte. Wahrscheinlich war das der Blick der professionellen Fotografin. Ich versuchte, mir die Züge des Schriftstellers wie den Ausdruck Almas einzuprägen. Die dicke Nase, die verschwollenen Lider, die Tränensäcke, die wulstigen Lippen und der melancholische Blick aus den grauen Augen, das war leicht zu behalten und wiederzugeben. Schwieriger würde es sein, sich an das breite Spektrum des Gesichtsausdrucks zu erinnern. Ich studierte das Gesicht eines Schauspielers, der seine Rolle spricht, der uns seinen Roman quasi vorspielt. Grausamkeit, Wollust, Liebe, Gier, Ekel und Verzweiflung las ich in seinen Zügen. Er sprach ununterbrochen, laut und schnaubend. Sein Gesicht verzerrte sich plötzlich zu abstoßender Häßlichkeit, um sich bald darauf in heiterer Freundlichkeit zu verschönen. Nach einer Stunde, während der wir ihm zugehört hatten, ich hatte kein Wort von dem Erzählten behalten, ich hatte ihm nur zugeschaut, hatte mich mit meinen Blicken schamlos in seinem Gesicht eingenistet, unterbrach ihn Alma. Ein echter Nico Voglio, Sex and Crime, in unübertrefflicher Fülle. Wieder ein Bestseller, das ist unvermeidlich. Almas Stimme klang ein bißchen verächtlich. Hast du das nötig? Du warst ein großartiger Schauspieler, ein begabter Filmproduzent. Warum sich so unter sein künstlerisches Niveau begeben?

Hast du gute Aufnahmen hingekriegt? fragte Nico statt dessen. Ich brauche einige ausdrucksstarke Bilder für meinen Verlag.

Wir werden sehen, sagte Alma gelassen.

Und Sie, Xenia, haben Sie sich an meinem Gesicht satt gesehen?

Er kannte also meinen Namen. Ich errötete. Entschuldigen Sie, wenn Sie es als indezent empfunden haben, sagte ich, es war zu interessant.

Voglio nickte. Ich verstehe, ich verstehe alles. Er wollte meine Hand tätscheln, ich entzog sie ihm. Wir sind alle Besessene.

Du solltest meine Freundin nicht erschrekken, siehst du nicht, sie ist ganz rot geworden? sagte Alma und ergriff ihrerseits meine Hand und drückte sie. Nico erwartet das von uns, ich darf ihn fotografieren und du darfst ihn begaffen. Alma ließ meine Hand wieder los. Ich glaube, er würde dir sogar Modell sitzen, wenn du ihn malen wolltest.

Nico lachte ein berstendes Lachen. Warum

nicht? Wenn du sie mir empfiehlst, du sagst doch, sie sei begabt.

Ich ärgerte mich, daß die beiden in meiner Anwesenheit über mich hinwegsprachen, ich hatte schon zwei Gläser Wein getrunken, genug, um mich mutig und aggressiv zu machen.

Ja, ich bin begabt, aber ob ich Sie porträtieren will, weiß ich nicht. Ich suche mir meine Modelle selbst aus. Meine Stimme war scharf, schärfer als beabsichtigt.

Wieder lachte Nico, und Alma rief, brava, brava.

Nico erklärte, es geht mir nicht um ein Porträt, ich möchte Ihnen für einen Akt sitzen oder stehen oder liegen, comme vous voulez. Trauen Sie sich das zu?

Ich male, was mich interessiert, sagte ich kühl.

Gute Antwort, Nico lachte wieder, ich frage nicht weiter. Er stocherte mit seinem Zeigefinger in seinem rotsamtenen Gilet und zog eine rotes Kärtchen heraus. Hier, meine Dame, meine Adresse. Rufen Sie mich an, wenn Sie ein Interesse für meinen Vorschlag in sich entdeckt haben. Ich honoriere gut.

Ich steckte das Kärtchen wortlos in meine Tasche, ohne einen Blick darauf zu werfen. Alma nickte, sie schien zufrieden. Ich schaute auf die Uhr, draußen war es schon dunkel. Alma stand auf, auch ich erhob mich und schließlich auch, ächzend, der Gastgeber. Er brachte uns zur Tür und schaute uns nach, als wir die Treppe hinunterstiegen. Ich drehte mich noch einmal um, sah seine mächtige Gestalt, die den Türrahmen zu sprengen drohte, und sein Gesicht hatte nun den Ausdruck eines traurigen Clowns.

Du hast Eindruck auf ihn gemacht, sagte Alma, als wir wieder Hand in Hand durch die nächtlichen, schmalen Gassen wanderten, an Ristoranti und Trattorien vorbei, in denen Menschen bei freundlicher Beleuchtung den Abend genossen. Ich wünschte mir, mit Alma an einem der Tische zu sitzen und dazuzugehören, aber ich wagte es nicht, einen Vorschlag zu machen. Statt dessen sagte ich etwas zerstreut, meinst du? Er ist mir unheimlich.

Ist er auch, aber interessant.

Warum hast du ihn fotografiert?

Das mache ich immer, das gehört zum Ritual, das erwartet er. Jedes Mal, wenn er ein neues Romanprojekt hat, erzählt er mir davon, und während er erzählt, will er fotografiert werden. Er sagt, ich könne in seinem Gesicht die Gedanken sichtbar machen. Er bezahlt gut dafür. Die Fotos braucht er natürlich nicht für den Verlag, die hortet er bei sich zu Hause, er sagt, daß er sie gelegentlich betrachtet und manchmal vor seinem Gesicht erschrickt, das heißt vor den Gedanken, die er darauf lesen kann. Aber manchmal beglückt es ihn auch, wenn er darin Weisheit zu erkennen glaubt.

Seine Bücher sind alle Bestseller und schlecht?

Historische Schinken, gut recherchiert, aber ohne literarischen Anspruch, Trivialliteratur. Als Schauspieler war er ein Künstler, als Autor ist er nur ein guter Handwerker.

Ich möchte sein Gesicht malen. Aus der Erinnerung. Viele Male. Das, was in mir haften geblieben ist, sagte ich stockend.

Alma blickte mich von der Seite an, dann lachte sie. Genau das habe ich gehofft, daß du das sagst.

Er könnte ein Mörder sein oder ein Heiliger. Ich möchte dahinterkommen.

Vielleicht ist er beides, sagte Alma.

Woher kennst du ihn?

Das ist eine lange Geschichte.

Ja? fragte ich.

Ein anderes Mal, sagte Alma, blieb stehen, beugte sich über die gemauerte Brüstung, blickte hinunter, der Tiber blank und schwärzlich mit seinen Lichtinseln. Ich habe dich mit ihm bekannt gemacht, weil ich vermutet habe, sein Gesicht könnte dich interessieren. Und ich hatte recht. Ich bin gespannt, zu welchen Ergebnissen du kommst.

Vielleicht können wir uns noch in der Küche darüber unterhalten, schlug ich vor, ich mache uns einen Espresso, und ein paar Cantuccini sind auch noch da.

Heute nicht mehr, sagte Alma, wir sehen uns morgen. Ich habe noch zu tun. Schlaf gut, sagte sie, strich mir leicht übers Haar und küßte mich auf beide Wangen.

Im Atelier fand ich eine hingekritzelte Nachricht von Amadeus vor. Deine Schwester hat angerufen. Sie läßt dich grüßen. Läßt mich nicht in Ruhe. Was könnte ich dir denn noch erzählen, Lisa? Daß ich froh war damals, als Mutter endlich weg war, daß endlich Ruhe eingekehrt war, daß ich mich wohl fühlte bei den Großeltern, jedenfalls die ersten Monate, und als Vater mir ankündigt hat, daß er mit uns beiden, nur mit uns, in den Semesterferien Schiurlaub machen will, war ich außer mir vor Freude. Du hast dich doch auch gefreut. Es ging also auch ohne sie, ohne die Mutter. Mit welch glückhafter Aufregung habe ich damals meine Sachen zusammengepackt! Im Auto durfte ich neben dem Vater sitzen, du als die Ältere und Vernünftigere hast mir den Platz überlassen. Am Ortsausgang hielt er an, sagte nur kurz, ich habe noch etwas zu erledigen. Komme gleich. Wir warteten, noch immer heiter, eine Überraschung, vielleicht hatte er ein Geschenk für uns. Ich drehte mich nach dir um, blinzelte dir zu. Wir warteten etwa eine Viertelstunde, sie wurde uns schließlich lange. Schließlich kam er mit einer jungen Frau aus dem Haus, schleppte Schier und einen Rucksack. Er öffnete die Tür an meiner Seite und sagte, das ist Gitti, sie kommt mit, könntest du dich nach hinten setzen? Ich setzte mich nach hinten, zu dir, wir schauten einander an. Zu sagen hatten wir nichts, oder wir wagten es nicht oder wußten nichts zu sagen. Gitti war nur eine Episode im Leben meines verlassenen Vaters, sie dauerte lange genug, um uns diese Enttäuschung, die wir als einen Verrat empfanden, zu bereiten. Diese Geschichte wollte ich meiner Schwester erzählen, wir haben uns nie darüber unterhalten. Sie würde sagen, was willst du mit dieser Geschichte, das hat doch nichts mit unserer Mutter zu tun. Alle diese Geschichten, alle haben mit unserer Mutter zu tun. Eine Woche Schiurlaub. Vater im Zweibettzimmer mit seiner neuen Freundin, die nur vier Jahre älter war als meine Schwester. Eine Studentin der Ökonomie, mit der er den Schlepplift bestieg, mit der er die Hänge hinunterflitzte. Wir bekamen Liftkarten und konnten uns selbst vergnügen. Erinnerst du dich, würde ich meine Schwester fragen, du wolltest Mutter anrufen, aber wir haben sie nicht erreicht. Was hätten wir ihr auch sagen sollen? Wir hatten nur uns und wir hielten uns aneinander fest.

Das zählte alles nicht mehr. Es tat nicht mehr weh. Und doch gebrauchte ich diese Geschichten, um die Zumutung abzuwehren, ans Koma-Bett der Mutter zu reisen. Beim letzten Telefongespräch hatte sich Lisa meinen Argumenten gegenüber wenig einsichtig gezeigt, heute würde ich mich schon überzeugender erklären können. Ich hatte endlich eine Aufgabe, eine Perspektive. Ich konnte Lisa erzählen, daß Alma mit ihrem römischen Galeristen sprechen und ihn für eine gemeinsame Ausstellung interessieren wollte. Meine Bilder und Almas Fotografien. Ich hatte endlich Boden unter den Füßen. Ich zwang mich, an Mutter zu denken und sie mir bewußtlos auf dem Krankenbett vorzustellen, sah die weißen Laken vor mir, die bleiche Mutter mit eingefallenen Wangen. Wahrscheinlich würde ich sie gar nicht mehr erkennen. Ich erschrak beinahe, als sich in mir kein Schmerz mehr regte. Ich war endgültig hier angekommen, hier in Rom, ich brauchte mein Bleiben weder vor mir noch vor Lisa zu rechtfertigen, meine Arbeit war jetzt Rechtfertigung genug.

4

Auf der Engelsbrücke wehte eine frische Brise. Ein dunkelhäutiger Taschenverkäufer pries mir mit lebhaften Gesten seine Ware an. Er tänzelte auf mich zu. Ich war einen Augenblick versucht, eine von den Fakes zu erstehen, warum nicht? Eine Prada-Tasche oder eine von Gucci? Um zwanzig Euro vielleicht, oder um zehn? Ich würde Alma fragen, was sie davon hielt. Eigentlich war es verboten, Fakes anzubieten, die Polizei fuhr dann und wann an den Männern vorbei, die eilig, mit routinierter, blitzartiger Geschwindigkeit, die Waren in einem Tuch zusammenrafften und verschwinden ließen. Doch kaum war die Polizia außer Sichtweite, schon waren die Taschen wieder aufgestellt. Das war fast ein Spiel, die schwarzen Einwanderer und die Polizei kannten die Spielregeln. Bis an die Via della Conciliazione standen die Händler nebeneinander, nur wenige Meter voneinander entfernt, oft vielleicht ganze Familienclans, und priesen ihr Angebot an, das sich von den anderen nur durch das Arrangement unterschied. Es wurde gefeilscht, auch gekauft.

Ich ging auf den Petersdom zu, schlenderte durch die Bernini-Kolonnaden, wollte mich fühlen wie ein Fürst oder ein Kardinal, hatte aber nur die

Empfindung der eigenen Nichtigkeit. Der Platz vor dem Dom war vollgestellt mit häßlichen schwarzgrauen Plastikstühlen. Ich wußte nicht mehr, was ich hier sollte. Drei hochgewachsene, schlanke Priester kamen mir entgegen. Sie hatten dunkle Haare, sie diskutierten munter, ich hörte ein klangvolles Französisch. Aus schwarzen, heißen Augen traf mich ein Blick im Vorübergehen, dann senkten sich die Lider. Das Gespräch ging weiter. Ein Blick, der zu nichts führte, nur ein heißer Glücksstrahl, der mich durchfuhr. Beschwingt stieg ich die Treppen zum Petersdom hinauf, sah die drei eleganten, jungen Geistlichen in ihren schwarzen, wehenden Soutanen die Kolonnaden entlangschreiten, immer kleiner werden, dann ließ ich meine Tasche durchleuchten und mich abtasten, durfte nun in die Kirche, die wie immer erfüllt war von Menschen aus der ganzen Welt. Vor der Cathedra Petri wurde eine Messe zelebriert, ein Knabenchor sang. Ich setzte mich in eine der Bänke und hoffte auf eine kontemplative Empfindung, statt dessen dachte ich an den Augenaufschlag des jungen Klerikers, dann an Bernini, an seine Schöpfung um den Stuhl Petri, der erwiesenermaßen auch ein Fake war, dann an meine Mutter und ich hätte beinahe ein Gebet für sie gesprochen. Die Stimmen der Knaben waren schön. Ich fragte mich, wie viele von ihnen pädophiler Zudringlichkeit ausgesetzt waren, und hoffte, es sei kein einziger. Ich wünschte mir, daß sich mir beim Anblick eines katholischen Priesters nicht immer unwillkürlich Mißbrauchsvorstellungen aufdrängten, und dachte wieder an den Blick, der mich gestreift hatte, und fühlte mich auf einmal von einer gläsernen Einsamkeit umgeben. In dieser eisigen Empfindung sah ich plötzlich meine Mutter, in weiße Laken gehüllt, vor mir und ich konnte meine Gefühle nicht mehr abwehren. Eilig verließ ich die Kirche, als könnte ich ihnen entfliehen, warf einen Blick auf die Schweizergarde in den bunten Uniformen der Medici-Päpste, die unbewegt in die Digitalkameras der Touristen starrten, die vor ihnen herumtanzten.

Es drängte mich zurückzugehen. Ich hatte Alma heute noch nicht gesehen, auch nicht beim Frühstück. Ich hatte gestern nacht noch jemanden weggehen gehört, war ans Fenster geeilt und hatte Alma in einem weißen Kleid auf zierlichen Stökkelschuhen, eine goldfarbene Tasche schwingend, Richtung Piazza Navona schlendern sehen. Auch jetzt war die Wohnung verlassen. Oder Alma arbeitete an der Entwicklung ihrer Aufnahmen. Ich war versucht, an ihre Tür zu klopfen, wagte es dann aber doch nicht, denn ich fürchtete, sie bei der Arbeit zu stören.

Ich setzte mich vor die weiße, hellgrau grundierte Leinwand, aber wieder nahm ich nur meinen Skizzenblock zur Hand. Ich zeichnete Alma, wie sie sich hinter der Kamera krümmte, und dahinter eine liegende weibliche Figur, in weißes Leinen gehüllt. Ich legte den Bleistift zur Seite, es geht nicht. Es geht nicht. Rom, dieses verdammte römische Licht. Es erdrückt mich.

Es klopfte. Herein, rief ich, das mußte, das konnte nur Alma sein, aber es war Amadeus. Er fragte durch die geschlossene Tür, Xenia, bist du da?, als hätte er mein *Herein* nicht gehört, und öffnete die Tür. Für dich, sagte er und drückte mir den Telefonhörer in die Hand. Ich mußte mir eine Tafel malen, *Nicht stören! Non disturbare! Bin nicht zu sprechen!*

Entschuldige, sagte Lisa, störe ich dich?

Ja, wollte ich sagen, statt dessen, was gibt es?

Kommst du gut voran? Lisas Stimme klang kleinlaut.

Es geht so, sagte ich. Wie geht es Mutter?

Unverändert. Lisa seufzte, dann etwas munterer, aber der Arzt macht uns Hoffnung. Es ist nicht aussichtslos, keineswegs. Wir dürfen nur jetzt nicht nachlassen.

Was heißt *nicht nachlassen*?

Sie zu besuchen, mit ihr zu sprechen, sie zu streicheln. Wenn du mir mehr von dir erzählst, dann kann ich es ihr erzählen, und dann ist es, als wärst du auch hier.

Von mir gibt es nicht viel zu erzählen. Ich arbeite, von früh bis spät, mit einer Fotografin zusammen. Wir haben ein gemeinsames Projekt, vielleicht klappt es mit einer Ausstellung, in der wir beide unsere Arbeiten zeigen können.

Das klingt interessant, sagte Lisa, wie heißt die Fotografin?

Alma Holzbauer, sie ist etwa vierzig, und auf ihrem Gebiet ziemlich bekannt. Wenn sie mit mir zusammenarbeiten will, ist das vor allem für mich eine große Chance. Sie kommt aus Wien.

Wie ist das Wetter in Rom?

Sehr schön, jeden Tag Sonne, ein herrliches Licht, sagte ich.

Bei uns regnet es seit einer Woche fast ununterbrochen. Es ist ziemlich trist, sagte Lisa, aber das macht mir nicht viel aus, weil ich ohnehin die ganze Zeit in der Klinik bin. Die Buben sind auf Landschulwoche in Weyer, dort regnet es auch.

Das tut mir leid. Ich war nahe daran, mich für das schlechte Wetter in Österreich verantwortlich zu fühlen.

Hauptsache, du kommst gut voran, sagte Lisa, das ist das Wichtigste.

Ja, ich komme gut voran. Grüße Walter und die Kinder. Und natürlich Mutter. Vor allem sie. Und sag ihr, daß es mir gutgeht und daß ich bald komme, so bald wie möglich.

Infam, meine Schwester, dachte ich, aber so kriegt sie mich nicht. So nicht. Ich nahm das Handy, trug es wieder in die Gemeinschaftsküche, wo es seinen Platz hatte. Ich glaubte, wenn ich das Gerät aus den Augen hatte, könnte ich das Gespräch leichter abschütteln. Aber als ich ins Atelier zurückkam, das schönste, in dem ich jemals hatte arbeiten dürfen, kam wieder diese panische Angst über mich. Keine Kraft mehr für einen schöpferischen Gedanken, nur noch Schwärze und Starre im Kopf. Ich tunkte den Pinsel in die Farbe, malte die Schwärze aus mir heraus, pappte sie auf die Leinwand, breit und pastos, und an die Ränder ein Violett und dann noch ein Rot wie Blut, mitten hinein ins Schwarz, ein schreiendes Rot. Das war's! Die Klammer um die Brust lockerte sich. Ich schaute dem Bild beim Trocknen zu. Verdammt, es geht doch. Man mußte einfach anfangen, den Pinsel in die Hand nehmen, *il faut travailler, rien que travailler*, sagte Rodin. Ich durfte mich meiner Gedankendüsternis nicht überlassen, ich mußte arbeiten, mußte malen, auch wenn es nicht die Figur war, die ich neu erfinden wollte, überhaupt: Welch ein Anspruch, welche Hybris, ausgerechnet ich, ausgerechnet in Rom die Figur neu erfinden zu wollen. Ich nahm das Bild von der Staffelei, stellte es zur Seite, nahm eine neue Leinwand, grundierte sie. Genug, genug für heute. Ich hatte Angst, daß meine Kraft für ein zweites Bild heute nicht mehr ausreichte. Alma, dachte ich, bin gespannt, was Alma dazu sagt.

Noch einmal hinaus, noch eine Runde ums Viertel. Auf der Piazza Navona neben dem Vier-Ströme-Brunnen stand Nofretete in Gold auf einem Sockel und hinter der Fontana del Moro die amerikanische Freiheitsstatue, in Weiß, unbeweglich. Das heißt, die Freiheitsstatue zeigte ein menschliches Gesicht, wie weiß gekalkt, und verzog auch schon einmal eine Miene, je nachdem, wie viele Münzen die Touristen in ihren Topf warfen, während der Darsteller der Nofretete hinter einer Maske verborgen blieb. Sie zuckte mit keinem Muskel. Ich betrachtete sie eine Weile und wurde mir nicht schlüssig, ob ich es bewunderungswürdig oder albern finden sollte. Eine Kapelle spielte südamerikanische Schlager, *Besame mucho*, eine Greisin mit rotem Haar und zwei Schneidezähnen tanzte dazu einen Tango. Sie hatte ihre Taschen neben der Kapelle abgestellt und bewegte sich selbstvergessen, machte ihren steifen, alten Körper zu den Melodien noch einmal biegsam, hüpfte, kreiste um sich selbst, imaginierte sich einen Partner, warf Kußhände in die Runde. Sie stahl der Nofretete und der Freiheitsstatue für eine Weile die Show. Das Publikum, vorwiegend Touristen, wiegte sich in den Hüften und war nicht sicher, ob es die Darbietung der Alten peinlich finden sollte. Schließlich löste sich ein Mann aus der Menge, faßte die Frau um die Hüften und schwenkte sie im Rhythmus im Kreis herum. Die Umstehenden applaudierten. Als er sie losließ, ging ich weiter, einmal um die Piazza und dann zurück ins Atelier. Ich war unruhig, sah Alma vor mir, wie sie gestern spätnachts in ihrem weißen Kleid die Via di Tor Millina entlanggeschlendert war, mit der Haltung einer Königin. Das Appartement wirkte unbewohnt, ich ging in die Küche, die ebenfalls leer war, blieb einen Augenblick vor Almas Tür stehen, klopfte, zaghaft, es regte sich nichts, holte mir aus dem Kühlschrank Käse und Tomaten, trank ein Glas Wein, sah, daß das Handy fehlte. Später betrachtete ich das Bild, das ich in einem Farbrausch auf die Leinwand geworfen hatte, fand, daß ein Weiß fehlte und drückte einen dicken Strich über das Rot.

Am nächsten Morgen traf ich in der Küche wieder nur Amadeus, dieses Mal bei einem Glas Rotwein, und das am frühen Vormittag. Er erinnerte mich in seiner Haltung, wie er den Arm ausstreckte, an den Absinthtrinker von Cézanne. Auch sein Gesichtsausdruck hatte etwas Stumpfes und zugleich Aggressives. Eigentlich hatte ich gehofft, Alma vorzufinden, sie war schon vor zwei Tagen allein losgezogen, hatte mich nicht gebeten mitzukommen, hatte mir gegenüber nicht einmal erwähnt, daß sie noch einmal weggehen wollte. Ich hatte mir eingeredet, daß es mir ganz recht war, ich hätte doch keine Lust gehabt, spätnachts noch aus dem Haus zu gehen. Obwohl die Stadt um elf Uhr nachts erst erwachte, daran war ich noch nicht gewöhnt, ein Nachtleben war mir nicht geläufig. Jedenfalls sagte ich mir, ich wäre ohnehin nicht mitgegangen, ich war schon ganz darauf eingerichtet, zu Hause zu bleiben, das wollte ich glauben. Aber nun irritierte mich doch, daß sie mich nicht aufgefordert hatte mitzukommen. Sie war vielleicht spät in der Nacht oder erst gegen Morgen zurückgekommen, war lange im Bett geblieben, und seither war sie nicht mehr aufgetaucht. Ich hatte geglaubt, das mußte ich nun als Irrtum erkennen, daß wir spätestens seit dem Besuch bei Nico Voglio Vertraute geworden waren. Wie naiv von mir. Sie hatte mir eine Zusammenarbeit angeboten, und daß wir Hand in Hand gegangen waren, fast wie ein Liebespaar, das hatte nichts zu bedeuten. Sie war Fotografin, war immer auf der Suche nach Bildideen, darin glichen wir uns. Fotografie ist kein Selbstzweck, erklärte sie mir ihre Arbeit, sie ist ein Vehikel, um Ideen zeitgemäß auszudrücken. Wir müssen ein verbindendes Konzept finden, sagte sie später zu mir. Sie hatte wahrscheinlich meine Unsicherheit gespürt und hatte mich, die Jüngere, buchstäblich an die Hand genommen. Damit hatte sie mich aber in der Hand. Nun war ich dem mißmutigen Autor ausgesetzt. Als ich mich mit einem Espresso an den Tisch setzte, sagte er, er habe eine Schreibkrise. Er sei doch hierher gekommen, um seinen Roman zu schreiben, und nun ginge nichts mehr. Gestern noch sei er mit seiner Schreibleistung zufrieden gewesen, aber heute, alles vorbei, er fühle sich leer. Dann fragte er nach Alma. Ich zuckte mit den Schultern, Amadeus verstummte. Vielleicht wollte er getröstet werden.

Alma zeigte sich auch am nächsten Tag nicht. Ich klopfte an ihre Tür, mehrmals, erst behutsam, dann laut und fordernd. Dann drückte ich auf die Klinke, die Tür war unversperrt, ich öffnete sie, sah zum ersten Mal das Zimmer, in dem sie sich eingerichtet hatte, und fühlte mich als Eindringling. Aber es gab hier nichts zu entdecken, es wirkte unbewohnt, als müßte es erst bezogen werden, keinerlei Persönliches, kein Duft, verriet einen Bewohner, der Raum war kahl wie der einer Nonne, sehr aufgeräumt, Laptop und wenige fotografische Utensilien auf dem Regal, die Bettdecke glattgestrichen. Die schwere Fachkamera, sogar die Digitalkamera hatte sie zurückgelassen. Das Zimmer machte einen musealen Eindruck, ein Gedenkraum. Ich fühlte plötzlich einen krampfartigen Schmerz in der Brust, er rief alle Verlassenheiten meines Lebens in mir herauf. Fluchtartig verließ ich den Raum, hoffte, daß ich dem Schriftsteller nicht über den Weg laufen würde, fürchtete, daß die panische Angst, die in mir wütete, mir im Gesicht stand, für jedermann zu erkennen war. Ich rannte hinaus, über die Treppen, lief die Via del Governo Vecchio entlang, bog ein in die Via Giulia, verirrte mich in dem Gewirr der Gäßchen, fand das Pittoreske bedrohlich und landete schließlich auf dem Campo dei Fiori.

Es war Abend und die Marktstände waren längst abgetragen. Ich kam langsam zu mir, konnte auch meine inneren Augen wieder öffnen und fand vor dem Palazzo Farnese Ruhe, vor seiner vollkommenen, schönen, strengen Fassade, und bedauerte, in das Gebäude, in dem nun die französische Botschaft untergebracht war, keinen Einlass zu bekommen. Das noble Rom schottete sich ab. Vieles war unzugänglich in dieser Stadt. Der Glanz des Adels, die Roma Nera, die Macht der Kirche, das Gewirke der Politik spielten sich hinter den Mauern der Palazzi ab unter den Fresken, die zu bewundern denen, die nicht dazugehörten, verwehrt war. Doch selbst das Zugängliche überforderte mich. Rom war eine

Zumutung für Seele, Körper und Geist, eine Überwältigung. Feuerbach hatte aus Rom seiner Mutter geschrieben: »Ich glaube, daß dieses Rom mich zu einem edleren Menschen und zu einem wahren Künstler machen wird.« Glaubte er das wirklich? Ich spürte, daß mich die Stadt nicht mehr ich selbst sein lassen wollte, die, die ich war, als ich hier ankam, mich umzuformen begann. Der bedrohliche Zustand meiner Mutter, auf einmal unwirklich. Was würde ich meiner Mutter schreiben, wenn ich ihr schreiben würde, wenn sie noch lesen könnte? War sie jemals in Rom gewesen? Hatte sie versucht, hier einen Roman zu schreiben oder hatte sie die Stadt mit einem ihrer Ehemänner nur bildungsreisend erlebt? Ich konnte mich nicht erinnern. Ich würde Lisa etwas zu fragen haben. Lisa wußte alles über Mutter, alles Biographische, zu ihr würden die Forscher kommen müssen, die über sie schreiben wollten (zwei Magisterarbeiten und eine Doktorarbeit lagen inzwischen vor). Ich würde mich weigern, mich zu meiner Mutter zu äußern, wenn sie erst einmal gestorben war.

Vom Palazzo Farnese ging ich zu dem wenige Schritte entfernten Palazzo Spada mit seiner manieristischen Fassade. Mich faszinierte vor allem die von Borromini entworfene Kolonnade, die perfekte Augentäuschung. Das ganze Leben war ein Spiel mit der Perspektive. Glücklich, wer es durchschaute und begriff. Doch auch das Begreifen nützt nichts, wenn der Augenschein dem Verstand widerspricht.

Du hattest keine andere Wahl, sagte Lisa, als endlich doch mit der Mutter zu gehen. Das war richtig. Aber es war nicht meine Wahl, es war die der Mutter, die ihres Mannes, das Gesetz war auf deren Seite, denn der Vater hatte seine Rechte an sie abgetreten. Ihm war die Minderjährige zu schwierig geworden, ein Störfaktor in seiner jungen Ehe. Ab diesem Zeitpunkt war er aus meinem Leben verschwunden, er existierte nur noch in Form der monatlichen Zahlungen, die gerichtlich erstritten und festgesetzt worden waren. Ich hatte ihn nur noch einmal gesehen, das war Zufall und in Linz im Café Traxlmayr. Er hielt sich die Zeitung dicht vor das Gesicht, hatte mich nicht erkannt oder nicht erkennen wollen. Das war vor zehn Jahren gewesen, und ich hatte sofort die Flucht ergriffen, ein Reflex, hinaus auf die Promenade. Nicht einmal Lisa hatte mit ihm Umgang. Er war längst wieder geschieden, die zweite Ehe hatte sich als noch größerer Irrtum herausgestellt als seine erste; das war eine kleine Genugtuung für mich. Ich hatte die Frau gehasst, ich hätte auch den Vater hassen wollen. Die Frau diente mir als Ableiter meines Hasses, im Schatten dieses Hasses konnte ich den Vater existieren lassen. Aber letztlich war doch die Mutter die Ursache von allem, die Mutter und ihr Wunsch nach Selbstverwirklichung. Den hätte sie sich früher erfüllen sollen, sie hätte nicht als Hausfrau in eine Ehe gehen und als Schriftstellerin wieder herauskommen sollen.

Schon bevor ich die Schule verließ, war mir klar,

daß ich Künstlerin werden wollte, daß ich zeichnen und malen wollte, nichts sonst. Mein Zeichenlehrer im Gymnasium erkannte mein Talent. Ihm gelang es, Heinrich und die Mutter davon zu überzeugen, daß die Tochter Talent habe. Er sagte auch immer wieder zu mir, du hast ein großes Talent zum Zeichnen und zum Malen, oder er sagte, eine bedeutende Begabung. Schließlich mußte eine Akademie gefunden werden, die mich aufnehmen würde, es mußten Bewerbungen geschrieben, eine Mappe mit Blättern zusammengestellt und vorgelegt werden. Heinrich hatte Beziehungen zu einer Kunstakademie am nördlichsten Zipfel der Bundesrepublik, dort wäre ich sicher angenommen worden, sagte Heinrich, ich kenne das Lehrpersonal dort, aber dorthin wollte ich auf keinen Fall. Ich hatte Kiel mit ihm und Mutter bereist, der kalte Wind und das noch kältere Licht hatten mich fast erfrieren lassen. Ich setzte mich durch. Dann studierst du erst einmal Kunstgeschichte, bestimmte meine Mutter. Warum nicht, dachte ich, ich könnte daneben Zeichen- und Malunterricht nehmen, mit der Stadt, die sie mir nannten, war ich einverstanden, dort wohne ich noch heute. Obwohl es mir in der Stadt gleich gefiel, war es mir manchmal, als wäre ich von Mutter noch einmal verstoßen worden. Andererseits war es mir eine gewisse Genugtuung, daß ich es war, die wegging und vielleicht eine Lücke hinterließ. Ich lebte mich rasch ein. Der Kontakt zu meiner Mutter, aber auch zu Heinrich, der mir zu Weihnachten und zum Geburtstag mit herzwarmen Worten vollgekritzelte Karten schickte, wurde immer lockerer. Ich vermißte sie nicht, ich war mir sicher, daß sie mir nicht fehlten.

Alma war auch noch nach einer Woche nicht zurück. Der Schriftsteller trank schweigsam seinen Cappuccino, auch ich hatte keine Lust auf ein Gespräch. Später telefonierte er mit seiner Frau, die würde seine schlechte Laune aus seiner Stimme heraushören. Ich stellte mir ihre Beunruhigung vor, der Mann offenbar unglücklich, ausgerechnet in Rom, ihr fern.

Es geht nicht, sagte er, als er zurückkam, es geht einfach nicht. Dann ließ er sich auf den Sessel fallen. Ich lächelte und überlegte, ob er sich gegenüber männlichen Mitbewohnern auch so schwach zu zeigen gewagt hätte. Von Frauen erwartete er offenbar, aufgerichtet zu werden, Frauen waren dazu da, Mut zuzusprechen.

Was sagt denn deine Frau dazu? fragte ich.

Ach, Amadeus machte eine müde-wegwerfende Handbewegung, sie sagt, das würde vorbeigehen. Sie nimmt mich nicht ernst.

Ja, hat sie denn nicht recht, wird es nicht vorbeigehen?

Natürlich wird es vorbeigehen, alles wird vorbeigehen, aber jetzt ist es noch nicht vorbei, verstehst du. Ich rede nicht von der Zukunft. Er raufte sich die spärlichen Haare, das sah komisch aus; ich wollte laut lachen, beherrschte mich aber.

Wo denn Alma so lange bleibt? fragte er plötzlich. Ich zuckte mit den Schultern. Sie hat nicht gesagt, daß sie weggeht und wie lange sie bleibt?

Nein, sagte ich.

Das kann man doch nicht machen, einfach wegbleiben, empörte er sich.

Warum nicht? fragte ich betont gelassen, ich wollte meine eigene Unruhe nicht zeigen. Er schaute mich aus seinen kleinen, farblosen Augen beinahe feindselig an, erhob sich, klopfte mit der Faust auf den Tisch und sagte, na, dann.

Ich räumte die Tassen in den Geschirrspüler, schaute aus dem Fenster in den tiefen Schacht, hörte die Geräusche aus der Trattoria, Frauenstimmen, ein Mann trat aus der Tür und warf Abfall in den Müllcontainer. Der Lärm von unten machte die Stille, in der ich mich gefangen glaubte, erst deutlich. Eine Stille, die mich ängstigte, die mir mein Alleinsein schmerzlich bewußt machte, meine Einsamkeit. Mein Blick fiel auf das Telefon, es blieb stumm, nur nicht an Mutter denken und nicht an Alma. Rasch ging ich in mein Atelier. Ich setzte mich vor die Leinwand, begann zu malen, wieder warf ich die Farbe auf die Leinwand, wütend und verzweifelt. Nicht denken, nur fühlen, die Gefühle in den Farben sichtbar machen, dann legte ich die Pinsel weg und klatschte mit den Händen auf die Leinwand, strich und preßte. Ich trat einen Schritt zurück, betrachtete das Geschaffene. Es ist gut, dachte ich trotzig, epigonal, aber nicht schlecht.

Etwas fehlte noch. Wieder fiel mir Alma ein, ob ihr die Sachen gefielen? Warum traute ich meinem eigenen Urteil so wenig? Ich stellte mich vor das Bild, betrachtete es eine Weile, ich wurde wieder ruhig und nahm die Leinwand von der Staffelei.

Ich fühlte mich verloren in dieser Riesenstadt, als hätte ich keinen Boden unter den Füßen, seit Alma verschwunden war. Sie hatte mich geankert, seither konnte ich die Anrufe aus Österreich tapfer parieren. Aber nun war eine uralte Angst in mir aufgestiegen. Obwohl von der Straße Lärm in mein Zimmer drang, glaubte ich mich zwischen den Wänden meines Appartements von einer eisigen Stille umgeben. Ich ging ins Bad, wusch mich, machte mich zurecht, mein Gesicht im Spiegel gefiel mir nicht, das war kein Rom-Gesicht, das war ein verkniffenes, mißmutiges Gesicht. Ich mußte ein paarmal tief durchatmen, dann lächeln, ich lächelte mich an, lächelte, bis ich glaubte, daß sich das Lächeln in mein Gesicht eingeprägt hatte. Ich verließ die Wohnung, warf zuvor einen Blick in die Küche, sie war unverändert, schlenderte über die Piazza Navona, der Himmel war bewölkt, vielleicht würde es bald regnen. Neben einem Souvenirgeschäft hockte eine junge Frau, die sich ihr Gesicht bunt bemalt hatte, ihre schmutzige und zerfetzte Bluse stand vorne offen, sodaß man die nackten Brüste sehen konnte, sie wiegte ihren Körper und sprach vor sich hin. Ich hätte mich gerne zu ihr hingehockt, ein Gespräch mit ihr begonnen.

Ich bog in die Via dei Coronari ein. In dieser schmalen Straße mit ihren unzähligen Antiquitätenläden und Palazzi würde sich meine Stimmung wieder heben. Ich lechzte nach Erlebnissen des Schauens. Vor einem Schmuckladen blieb ich stehen, mit Alma hätte ich ihn vielleicht sogar betreten. Als die Signora, die mich aus dem Inneren des Verkaufsraums beobachtet hatte, hinter ihrem Tisch hervor- und auf mich zukam, ging ich rasch weg. Die reizende, kleine Piazza San Simeone mit dem Brunnen von Giacomo della Porta war leider von Autos zugeparkt. Die Kirche San Salvatore in Lauro war schon geschlossen, aber der Eingang zum Chiostro des aufgelassenen Klosters war geöffnet. Ich überwand meine Scheu und stieg die Treppen hinauf, ging tapfer an einem jungen Mann in dunklem Anzug und Krawatte, der als Türsteher fungierte, vorbei. Er ließ mich anstandslos passieren, das machte mich mutig. Ich gelangte in einen atemberaubend eleganten Renaissance-Chiostro, in dem sich eine feine Gesellschaft bei Champagner und exquisiten Kanapees versammelt hatte. Ich hatte Durst, nahm ein Glas, das mir ein Mädchen auf einem Tablett anbot. Nach dem ersten Schluck bekam ich Appetit, ich hatte heute kaum etwas gegessen, und ich schlug mich zu den delikaten Häppchen durch. Obwohl ich unter den vornehm gekleideten und geschmückten Gästen fremd war und ich jeden Augenblick erwarten mußte, angesprochen zu werden, bewegte ich mich erhobenen Hauptes zwischen den Geladenen.

Es geschah nichts, niemand beachtete mich. Nach dem ersten Glas wurde ich unverschämt, ich nahm ein zweites, drang noch einmal zu den Häppchen vor, die neu aufgefüllt worden waren, schichtete mir mehrere auf einen Teller aus Porzellan, lehnte mich, ein bißchen schwindlig geworden, an eine Säule des Kreuzgangs und beobachtete, nun schon sanft berauscht und mit heiterer Milde, die festliche Zusammenkunft. Es war eine betuchte Gesellschaft, die Damen in kostbaren Roben. Auch die älteren unter ihnen waren anziehend und voll Anmut. Junge Mädchen mit makellosen Figuren waren von wohlerzogenen, jungen Männern umringt. Über dem ganzen lag die Harmonie der Gleichgestimmtheit, und ich fühlte mich als Fremde, die auf eine schmerzliche Weise unsichtbar war, sodaß der Champagner seine aufheiternde Wirkung verlor. Auf einmal begann es zu regnen, es war ein leichter, sanft rauschender Sommerregen, der die Gäste unter den weißen Schirmen zusammentrieb, unter denen auch die Menage offeriert wurde. Ich blieb im Arkadengang stehen und wartete, worauf? Ich stellte mir vor, Alma würde plötzlich erscheinen. Wenn sie jetzt käme, ich könnte sie mir hier gut vorstellen in ihrem weißen Kleid, in dem ich sie zuletzt gesehen hatte, mit ihrem goldenen Handtäschchen und den Stöckelschuhen; sie wäre eine Dazugehörige. Schönheit kennt keinen Standesunterschied. Nachdem der Regen aufgehört hatte, stellte ich mein Glas und meinen Teller ab und ging.

Es war, als wäre ich nicht dort gewesen. Immerhin bin ich satt, ich kehrte ins Atelier zurück, ich habe ein Abendessen gespart. In der Küche brannte Licht, es war aber nur Amadeus, der sich ein Essen richtete. Er hatte mich nicht bemerkt, deshalb konnte ich mich unbemerkt davonstehlen.

Am Zeichentisch begann ich aus der Erinnerung die Gesellschaft zu skizzieren. Als ich einige Blätter vollgezeichnet hatte, war es draußen dunkel geworden. Ich lehnte mich aus dem Fenster und beobachtete das immer lebhafter werdende Treiben in der Gasse, das Gedränge und Geschiebe. Migranten hielten den Passanten ihre blinkenden Leuchtraketen zum Verkauf entgegen, sodaß sie ihnen beinahe den Weg versperrten und mit ärgerlichen Bewegungen verscheucht wurden. Dennoch hörten sie nicht auf zu lächeln, ihre weißen Zähne blitzten. Gelegentlich kauften Väter oder Mütter ihren drängenden Kindern eines von den Rädern, die man in den römischen Himmel schießen konnte, wo sie sich leuchtend drehten und kreiselnd wieder zu Boden taumelten. Direkt unter meinem Fenster hockte eine Karten- und Handleserin mit roten Haaren in farbige Kittel gehüllt. Einmal glaubte ich, Alma kommen zu sehen. Ich riß beide Arme hoch, um zu winken, unterdrückte rechtzeitig einen Zuruf, ließ sie wieder sinken, als ich entdeckte, daß ich mich getäuscht hatte. Als sie näher gekommen war, hatte die Frau kaum Ähnlichkeit mit der Erwarteten. Die Enttäuschung hatte mir die Lust genommen, aus dem Fenster zu schauen, ich setzte mich vor die Staffelei und betrachtete die angefangene Arbeit. Etwas fehlte. Ich sollte sie wegstellen und etwas Neues anfangen, wie ich es früher oft getan hatte; später, irgendwann, war ich auf das Unfertige zurückgekommen und hatte dann den zündenden Einfall gehabt.

Alma war seit beinahe zwei Wochen verschwunden und ebenso lange hatte ich nichts mehr von Lisa gehört. Ich mußte mir eingestehen, daß ich nun sogar die Anrufe der Schwester vermißte. Nicht so sehr wie Alma, aber immerhin wünschte ich mir, wieder etwas von Mutter zu erfahren. Hatte Lisa es aufgegeben, mich bewegen zu wollen, nach Hause zu kommen? Hatte sie eingesehen, daß ich hier unabkömmlich war? Ich konnte nicht mehr sitzen bleiben, ging unruhig im Atelier auf und ab. Alma, wo sie nur so lange blieb? Es wurde mir schmerzlich klar, daß ich gar nichts von ihr wußte, eigentlich wußten wir nichts voneinander. Ich fühlte mich zu ihr hingezogen und ich glaubte, auch ihr war es ähnlich ergangen. Woher nahm ich meine Zuversicht? War es nur die Kunst, was den Kern unserer gegenseitigen Sympathie ausgemacht hatte? Alma schien auch ein Leben außerhalb der Kunst zu führen. Ein Leben, von dem ich keine Ahnung hatte, das ich mir nicht vorstellen konnte, denn ich hatte mir nie ein Leben außerhalb der Malerei gegönnt. Und dennoch hatte ich es darin nicht allzu weit gebracht. Ich öffnete leise die Tür, in der Küche brannte kein Licht, der Korridor war ebenfalls dunkel. Amadeus war offenbar ausgeflogen oder in seiner Kammer. Kurz entschlossen schlich ich den Gang entlang, stand vor Almas Tür, öffnete sie, stand in Almas Schlafraum. Was mache ich da, dachte ich, ich habe hier doch schon einmal nach ihr gesucht und nichts gefunden. Bevor ich das Licht anknipste, lauschte ich ins Dunkel, die abgestandene Luft eines unbewohnten Raums. Ich hoffte, daß das Dunkel etwas preisgab, etwas, das ich bei Licht nicht erahnen könnte, aber es ereignete sich nichts. Meine Augen gewöhnten sich an die Finsternis und nahmen die Umrisse der Möbel wahr, ich tastete nach dem Lichtschalter.

Ich öffnete den Schrank, da hingen Kleider, lag Wäsche, auch den kleinen Funkwecker neben der Matratze hatte sie zurückgelassen. Rasch schloß ich den Schrank wieder; ich war indiskret, aber ich fühlte keinerlei Beschämung, als hätte ich ein Recht, in ihrem Zimmer nach ihr zu suchen. Unschlüssig blieb ich in der Mitte des Raumes stehen, strich über die Bettdecke, lüftete sie etwas, entdeckte darunter ein Nachthemd, zog es hervor, drückte es an mich, löschte das Licht und stahl mich davon, das Nachthemd, ein zartes Viskosegespinst, zerknüllt in der Faust verborgen. Ein Diebstahl, sagte ich mir, das ist dreist, unverschämt, dennoch fühlte ich mich im Recht. Es war eine kleine Genugtuung, als ich mit meinem Fund das Zimmer verließ. Im Atelier nahm ich das Nachthemd mit meinen Fingerspitzen hoch, schüttelte es glatt, es war mit kleinen blauen Blumen bedruckt, das spießige Muster paßte nicht zu Alma, drückte das altjüngferliche Gewand an mein Gesicht, vergrub meine Nase im Stoff. Ich war enttäuscht, es roch nach Waschmitteln, roch nach Frische und nicht nach Mensch, nicht nach ihr. Sie hatte es offenbar noch nicht getragen. Ich hing es über das unfertige Bild auf der Staffelei, raffte es, drehte es, bis es die Form eines verhüllten weiblichen Körpers hatte, heftete es quer auf die Leinwand, bestrich es mit weißer Farbe. Ich spürte, wie mich etwas überkam, etwas, das mich mitriß und das Denken auslöschte, eine Selbstvergessenheit, die ich herbeizuzwingen versucht hatte, seit ich in Rom war. Als ich das Ergebnis betrachtete, war ich überzeugt, endlich etwas Gutes zustande gebracht zu haben, etwas, das ich nur hier in Rom hatte schaffen können. Ich zog meinen farbbespritzten Kittel aus, ließ mich auf den Stuhl fallen und begann zu weinen. Und hinterher fühlte ich mich, als hätte ich minutenlang gelacht. Ich verspürte Hunger, ging in die Küche und kochte mir Spaghetti alla Bolognese, die ich mit Appetit verschlang. Zwei Gläser Rotwein machten mich unbeschwert und gesprächsbereit. Warum kam nicht einmal dieser verdammte Schriftsteller aus seinem Kabuff. Das Bedürfnis, mich einem Menschen mitzuteilen, war riesig und durch den Wein nicht kleiner geworden. So saß ich eine Weile, fühlte, wie mein glückhaftes Erlebnis sich langsam abschwächte, sich aus mir zurückzog. Da war es Zeit, schlafen zu gehen. Ich wagte mich vorher doch noch an die Staffelei, prüfte das Geschaffene. Doch, es war gut, es war sogar sehr gut. Auch Alma würde es gefallen.

5

An Sonntagen in Rom wird man von Glocken geweckt. Ich hatte tief und traumlos geschlafen. Die Luft schien zu vibrieren, und ich lag still und ließ mich von den Tönen schaukeln. Als die Glocken verstummten, stand ich auf, schaute aus dem Fenster und sah, daß auch in der Via Tor Millina, in der Via dell'Anima, auf der Piazza della Pace nur vereinzelte, sonntäglich gekleidete Menschen unterwegs waren, keine Touristen, drei junge Priester in Soutane bogen in die Via dell'Anima ein, wahrscheinlich Deutsche, die in die Kirche der Deutschen unterwegs waren. Ich genoß die ungewöhnliche Stille, die manchmal durch ein kreischendes Herunterlassen oder Hochziehen der metallenen Rolläden durchbrochen wurde. Der Tag versprach wieder sonnig zu werden und ich war voll Unternehmungslust. Ich hatte gestern ein Bild geschaffen, mit dem ich auch heute noch zufrieden war, ich hatte mich prüfend davorgestellt, es aus verschiedenen Entfernungen, es gegen und im Licht betrachtet, ich war überzeugt, es war mir etwas gelungen. Es würde mir weiteres gelingen, heute wollte ich endlich einen unbeschwerten Tag genießen. Aus der Küche hörte ich das Telefon läuten. Es wurde abgenommen, anscheinend war Amadeus schon beim Frühstück, oder Alma war wieder gekommen. Ich warf mir rasch einen Morgenmantel über. Amadeus hielt den Hörer am Ohr, *no*, hörte ich ihn sagen, *non lo so. Mi dispiace.* Dann legte er auf. Ich war näher gekommen, er sagte aufgeregt, da wollte jemand Alma sprechen, hat italienisch gesprochen, wollte wissen, wann sie zu sprechen sei, ich weiß es nicht, habe ich gesagt, oder weißt du inzwischen mehr?

Nein, sagte ich, leider, ich weiß es auch nicht. Hast du den Namen nicht behalten?

Nein, es könnte ein Galerist gewesen sein. Zuerst eine Frauenstimme, die hat mich dann mit einem Giuseppe oder so ähnlich verbunden.

Giuseppe ist nicht gerade ein seltener Name hier, sagte ich.

Vielleicht wars auch Giovanni. Er legte seine Stirn in Falten und dachte nach. Das kommt mir doch etwas seltsam vor, sagte Amadeus. Einfach so verschwinden. Sollten wir nicht das Kulturinstitut verständigen, oder dort fragen? Vielleicht wissen die etwas?

Ich setzte mich an den Tisch, Amadeus bot mir Cappuccino an und ein *Cornetto*, das ich nicht ablehnte. Das Kulturinstitut in Rom? Vielleicht eine gute Idee. Kannst du machen, sagte ich.

Mach ich, sagte er, morgen, heute ist Sonntag, da krieg ich dort keinen.

Klar, sagte ich, kommst du voran mit dem Schreiben?

Es geht, sagte er und sein Gesicht verdunkelte sich, es geht, aber nicht so richtig.

Ich glaube, man muß sich erst an die Stadt gewöhnen, sie läßt einen zuerst nicht richtig zu sich kommen. Obwohl mir gestern etwas gelungen ist. Ich lächelte ihn an und hoffte, ich würde ihn neugierig machen. Er schaute mich mit einem melancholischen Blick aus seinen kleinen, ausdruckslosen Augen an.

Gratuliere, da bist du besser dran als ich. Dann verstummte er.

Ich stellte mir vor, wie er sich verhalten hätte, wenn Alma hier gewesen wäre, wie begierig er gewesen wäre zu erfahren, was ihr gelungen sei. Erzähl! hätte er gesagt, zeig!

Ich glaube, gestern ist mir ein Bild gelungen, sagte ich. So schnell gab ich nicht auf.

Er antwortete nicht. Hatte mich vielleicht gar nicht gehört, er spülte die Tassen, auch meine. Ich sah seinen stummen Rücken über das Becken gebeugt. Kann man aus einem Rücken Gefühle ablesen? Hat ein Rücken einen Ausdruck? Jedenfalls hatte ich plötzlich die Vorstellung, Amadeus sei unglücklich. So wie er sich über das Spülwasser beugte, so tief, als sei er kurzsichtig.

Ist was? fragte ich.

Er drehte sich kurz um, musterte mich, dann lachte er auf, schüttelte den Kopf, nein, nichts. Nichts, und beugte sich wieder über das Geschirr, die Tassen. Der Mann begann mich zu interessieren, er hatte Kummer, der in ihm arbeitete. Man müßte den Rücken eines Mannes malen können, an dem man dessen Gemütszustand erkennen konnte, der Kummer eines Mannes mußte an seinem Rücken zum Ausdruck gebracht werden können.

Schließlich hatte Amadeus seine Arbeit beendet, schichtete die Schalen und Teller und das Besteck sorgsam auf die Ablage, kam an den Tisch, setzte sich. Dann lachte er wieder kurz auf. Meine Frau ist mit der Kleinen nach Sylt gefahren. Sie sagt, sie brauche Luftveränderung, die oberschwäbische Enge habe sie satt. Sie sei draufgekommen, daß sie Weite brauche und das Meer. Aus Sylt werde sie mich nicht anrufen können. Das käme zu teuer, mit dem Handy sowieso, das koste sie ein Vermögen.

Da hat sie nicht unrecht, sagte ich, aber ihr könnt euch schreiben. Er wußte die Adresse des Hotels nicht auswendig. Aber deine, die kennt sie doch.

Die Sache gefällt mir nicht, sagte er.

Vielleicht will sie dich nur nicht stören, Telefonate können einen aus der Konzentration herausreißen, ich spreche aus Erfahrung, gab ich ihm zu bedenken.

Scheiß-Rom, sagte er, Scheiß-Stipendium. Darauf wußte ich nichts zu sagen.

Dann sprang er auf und verließ die Küche. Ich ging wieder in Almas Zimmer, jetzt schon ohne Scheu, als hätte sie mich eingeladen. Der zweite Raum, in dem sie wahrscheinlich gearbeitet hatte, ging auf die Via della Carmina hinaus, eine schmale, laute Gasse. Ihr Schreibtisch war aufgeräumt, einige Fachbücher stapelten sich, ich entdeckte aber nichts, was mir etwas über ihre Persönlichkeit verraten hätte, über ihr Leben, ihre Freunde. Verstört öffnete ich die drei Schubladen, auch darin nichts, was mir Aufschluß hätte geben können. Bleistifte, ein goldener Füllfederhalter, Farbstifte, Radiergummi, Briefpapier mit ihrem Namen, Kuverts, italienische Briefmarken. Kein Adressenbuch. Ihr Appartement machte den Eindruck, als hätte sie erst begonnen einzuziehen, als sei sie noch nicht wirklich hier gewesen, als hätte sie die Wohnung nur ausprobiert. Einen Augenblick erschreckte mich der Gedanke, sie hätte sich bereits entschieden, wieder auszuziehen.

Ich ging in mein Atelier, schaute aus dem Fenster, ich habe immer gerne aus dem Fenster geschaut, schon als Kind. Unter meinem Fenster lehnte eine Leiter. Der Wirt der Trattoria im Erdgeschoß schickte sich an hinaufzusteigen, er hatte Werkzeug in Händen, vielleicht wollte er am Schild oder an dessen Beleuchtung etwas reparieren. Eine blondlockige Signora im weißen Kleid mit Volants beobachtete ihn aufmerksam, sie war offensichtlich in sonntäglichem Staat. Einen Augenblick hatte ich meinen Blick auf die gegenüberliegenden Fenster gerichtet, die heute ausnahmsweise nicht mit Holzläden verschlossen waren. Durch das Glas sah ich einen langen Tisch, auf dem viel Papier, teils in Rollen, lag, auf der Wand im Hintergrund ein Fresko oder ein Gobelin, auf dem sich Figuren bei einem Bacchanal vergnügten, aber es war kein Mensch zu sehen. Plötzlich ein Knall, ein Klirren und der schrille Schrei einer Frau, ich sah den Mann auf dem Kopfsteinpflaster liegen, sein schmerzverzerrtes Gesicht. Die Frau nahm, ohne sich zu dem Gestürzten hinunterzubeugen, ihr Handy und telefonierte. Bald war der Mann von Leuten aus dem Viertel umgeben, die auf ihn hinunterschauten und den Vorfall diskutierten. Schließlich wurde die Leiter, die auf der Straße lag, von zwei Männern weggeschafft, die Frau zeigte ihnen, wohin sie gebracht werden sollte. Jemand aus dem Nachbarhaus brachte eine Decke, warf sie über den Verletzten, dessen Gesicht sehr bleich geworden war. Endlich schwangen in der Luft die dramatischen Signaltöne der Sirene des Soccorso, mit lautem Geheul raste der Wagen die Tor Millina entlang und hielt beim Gestürzten. Die Sanitätsmannschaft half ihm aufzustehen, setzte ihn auf einen Stuhl, es war nichts weiter passiert, und ich muß zugeben, ich war enttäuscht, wenigstens eine Gehirnerschütterung wäre dem Sturz angemessen gewesen. Anscheinend war es nur eine Schulterprellung, dennoch nahmen sie ihn mit und die Ambulanz raste mit Sirenengeheul wieder davon. Die Fenster gegenüber waren nun wieder mit den schweren hölzernen Lamellenläden dicht verschlossen. Während ich mir überlegte, ob sich das Gesehene zu einem Bild verdichten ließe, klopfte es. Es war Amadeus, dieses Mal kam er nicht mit dem Handy, sondern mit der Frage, ob er etwas von meiner Arbeit sehen dürfe.

Obwohl ich annehmen mußte, daß er einfach nicht allein sein wollte, weil seine Frau in Sylt unerreichbar für ihn war, war mir sein Erscheinen nicht unangenehm. Ich führte ihn vor die Staffelei. Er betrachtete das Bild, das noch ohne Titel war, vielleicht ohne Titel bleiben würde, vielleicht bekäme es nur eine Nummer, *Alma Nr. 1*, ja, das würde passen. Er sagte, interessant, und wirkte etwas hilflos. Ich überlegte, wie lange es gedauert hatte, bis ich etwas ganz Fundamentales über die Natur der Malerei verstand. Daß es einen Unterschied zwischen dem vermeintlichen Gegenstand des Bildes und dem Bild selbst gibt. Sicherlich, die Vorstellung, sei es ein Bund Knoblauch oder etwas Größeres, ein Schiff mit vollen Segeln, ist das, was man sieht, oder vielleicht besser das, was man glaubt zu sehen. Aber das Bild ist eigentlich das, was man erfasst, und das ist eine viel komplexere Sache. Denn ein Bild ist zuerst und vor allem nur das: ein Bild, ein gemaltes Objekt. Ich war versucht, ihm mit diesem Satz zu helfen, denn daß er ziemlich ratlos vor meiner Arbeit stand, war nicht zu übersehen.

Dann sagte er, daß er sich mit abstrakter Malerei noch nicht beschäftigt habe. Also erklärte ich ihm, worauf es mir ankam. Jeder Gegenstand ist etwas, woran sich die Tätigkeit des Malens hängt. Ich hänge meine Bilder auf einen Gegenstand wie

Kleider auf einen Ständer, verstehst du? Der Gegenstand ist eine Stütze, und jede Stütze funktioniert nur, wenn sie gut benützt wird, wenn sie präpariert wird, sodaß sie funktioniert.

Hmmm, machte er.

Wie auch immer, Arbeit braucht Zeit, und in meinem Fall ist es die Zeit für das Entstehen eines Bildes. Ich merkte, wie ich ins Dozieren kam und wie mir das Spaß machte. Amadeus hörte mir aufmerksam zu, nickte, es schien, als hätte er etwas kapiert. Vielleicht könnte ich mich mit denselben Worten auch Lisa erklären. Doch war es wichtig, daß mich Lisa verstand?

Aber was ist hier der Gegenstand? fragte der Schriftsteller ein wenig ratlos.

Das ist die hl. Cäcilia, sagte ich. Es war mir gerade eingefallen und es stimmte.

Die hl. Cäcilia, aha, sagte er. Dann ging er an eines meiner Atelierfenster. Du hast es schön hier.

Ja, sagte ich, ich bin zufrieden.

Das sehe ich ein, in deinem Metier braucht man auch mehr Platz. Er schwieg. Ich hatte den Eindruck, daß ihn etwas bedrückte, ich hätte ihn wahrscheinlich einladen sollen, sein Herz zu erleichtern. Dazu hatte ich keine Lust, bei Eheproblemen kannte ich mich nicht aus. Schließlich ging er.

Auch ich packte meine Sachen, ich wollte heute über den Pincio wandern, schauen, Eindrücke sammeln, vom Pincio einen Blick auf Rom werfen und gegen vier Uhr machte ich mich auf den Weg. Als ich aus der Tür trat, sah ich den Wirt bereits mit bandagiertem Arm in der Trattoria an einem Tischchen sitzen, die Signora in Weiß neben ihm. Ich wollte mir die Gelassenheit merken, mit der die Menschen des Viertels den Unfall hingenommen hatten, und stellte mir die Aufgeregtheit vor, die er bei uns hervorgerufen hätte.

Es war kein guter Tag. Das angenehme Gefühl, ein gutes Bild gemalt zu haben, hatte seine Strahlkraft verloren. Nun mußte ein neues gemalt werden, ein noch besseres, und immer so weiter. Am Corso Touristen und ein Einheimischer, der sie zwang, um ihn herumzugehen, sodaß ein Gedränge entstand. Der Mann wippte auf seinen Fußsohlen und focht mit seinen Armen, gleichzeitig stieß er Schreie und Wortfetzen aus, es klang wie Schimpfen, wie ein Wüten. Er schaute dabei niemanden an, er sah vielleicht die Menschen nicht einmal, die er am Fortkommen hinderte. Seltsam, daß ihn niemand anstieß, als wäre das Einvernehmen allgemein, daß er hier ein Recht hätte zu stehen und gegen den Verkehrslärm anzubrüllen. Auch ich drängte mich an ihm vorbei, trat dabei auf die Fahrbahn, was nicht ungefährlich war, sah für einen Moment in seinen von Wahnsinn flackernden Blick, seine ausgemergelten Züge und seinen zahnlosen Mund, ein Mensch, einem Dostojewskij-Roman entstiegen. Die Erscheinung beschäftigte mich noch, als ich über die Piazza del Popolo die Treppen, die von einem kleinen künstlichen Wasserfall gesäumt sind, zum Pincio emporstieg.

Schließlich stand ich auf der Terrasse, ließ das Panorama der Stadt auf mich wirken, es lag ein rötlicher Dunst über den Dächern, versuchte den Kuppeln der Kirchen Namen zuzuordnen, ließ es bald und empfand eine schmerzhafte Sehnsucht nach jemandem, mit dem ich diesen Anblick hätte teilen können. Alma fiel mir ein, die Unruhe war wieder da und dazu ein Gefühl der Kränkung. Daß sie verschwunden war, ohne eine Nachricht zu hinterlassen, mußte mich beleidigen. Ich bestand auf meinem Recht, beleidigt zu sein. Rom, mit Alma diesen Ausblick zu genießen, hätte mich glücklich gemacht. Doch ich war nicht hierhergekommen, um glücklich zu sein, sondern um zu arbeiten. Meine Mutter, die ohne Bewußtsein war, wohl noch immer, war hinter der vermißten Freundin unsichtbar geworden. Das hätte mich verstören sollen, wenigstens verwundern. Und daß es das nicht tat, schien mir natürlich und nicht bemerkenswert.

Ich verließ den Aussichtsplatz, wanderte über den Hügel und kam an die Spanische Treppe, auf der sich junge Menschen vergnügten und umarmten. Ich spürte, daß hier Leben war, eine Vitalität, die mir fehlte. Vielleicht hätte Alma sie aus mir herauslocken können. Ich schlängelte mich zwischen den Sitzenden hindurch. Erst vor den Schaufenstern in der Via Condotti, im Anblick dieser kalten, eleganten Schönheit, die sich hinter dem Glas zeigte, fühlte ich wieder festen Boden unter den Füßen. Ich liebte diesen leblosen Ästhetizismus, der sich in den sakral anmutenden Schöpfungen der Couturiers, den Taschen, dem Schmuck und den Schuhen manifestierte. Diese Schaufenster mit ihrer kostbaren, kalten Schönheit und ihrem für offizielle Anlässe gedachten Prunk kamen der katholischen Kirche näher als die Gläubigen, die sich auf dem Petersplatz versammelten, um in ihren Freizeitklamotten dem Papst zuzujubeln. Es gab keine Kleiderordnung auf dem Petersplatz, deshalb war die Diskrepanz zwischen dem Auftritt des rotbeschuhten Papstes, seiner Entourage und den Zuschauern in ihren T-Shirts und Anoraks für mich von schmerzhafter Vulgarität. Im *Café Greco* drängten sich Rucksacktouristen aus aller Welt, vor allem Japaner oder Chinesen, ich konnte sie nicht unterscheiden, ich sah den roten Plüsch im Inneren und die ausgebeulten Jeans ihrer Besucher. Auch hier keine Kleiderordnung.

Es war schon dunkel, als ich in die Wohnung zurückkam. Von der Gasse aus sah ich, daß in der Küche Licht brannte, es war aber nur Amadeus, der Spaghetti kochte. Als er mich sah, lächelte er. Du kommst gerade rechtzeitig, ich wollte dich zum Essen einladen. Da spürte ich, daß mich die Beine von dem weiten Weg schmerzten, ich spürte überhaupt alles an mir, und ich wäre am liebsten in Tränen ausgebrochen. Doch ich entschloß mich zu lachen, als ich sah, wie unbeholfen er die Zwiebeln schnitt. Ich bot an, ihm zu helfen, aber er ließ es nicht zu, ich solle mich hinsetzen, er würde servieren.

Ich mußte mir eingestehen, daß ich es genoß, bei Tisch zu sitzen und eine Mahlzeit erwarten zu dürfen, ohne selbst Hand anlegen zu müssen.

Als er meinen Teller gefüllt und sich gesetzt hatte, sagte Amadeus, ich fühle mich hier wie festgenagelt. Ich kann nicht schreiben, solange ich mit meiner Frau und meiner Tochter keine Verbindung habe. Auf Sylt! sagte er, man stelle sich vor, am anderen Ende des Kontinents.

Naja, sagte ich, nicht so ganz. Er schwieg. Du willst ihr nachreisen? fragte ich.

Er zuckte mit den Schultern. Ich weiß es nicht, ich spiele mit dem Gedanken.

Hast du eine Adresse? fragte ich.

Nein, hab ich nicht, aber ich würde sie auf dieser Insel finden.

Die Spaghetti schmeckten mir, ich erhob das Glas. Auf die Abwesenden, sagte ich.

Alma? fragte Amadeus.

Auch, sagte ich.

Wir tranken die Flasche leer. Ich fühlte, daß ich allmählich betrunken wurde, ein Wohlgefühl ließ mich sitzen bleiben. Begreife es als Chance, fühle dich frei, sagte ich.

Warum ausgerechnet Sylt? sagte er, mehr zu sich als zu mir.

Ich stand auf. Sah hinunter auf seinen gesenkten Kopf, die schütteren Haare, die mutlosen Schultern. Ich ließ ihn zurück.

Ich ging den Flur entlang, als das Telefon klingelte. Ich blieb stehen, es klingelte weiter, sollte ich zurücklaufen? Dann seine Stimme, er hatte abgehoben. Ja, ist da, sagte er, Xenia, für dich. Ich wußte nicht, welchen Anruf ich erhofft hatte, oder ich wußte es nur zu gut.

Lisa sagte, daß sie schon ein paarmal versucht habe, mich zu erreichen. Ich sei wohl viel unterwegs.

Ja, du weißt ja, ich bin schauhungrig. Was ist mit Mutter? fragte ich, und ich dachte, jetzt ist sie gestorben und ich muß zum Begräbnis. Ich fühlte nichts. Wie war es möglich, beim Gedanken an den Tod der Mutter nichts zu fühlen? War ich in Rom zu einem Monster geworden?

Unverändert, sagte Lisa, das macht uns Hoffnung.

Das macht euch Hoffnung? fragte ich ungläubig.

Nun, der Zustand ist stabil, sagen die Ärzte, solange er sich nicht verschlechtert, ist nichts zu befürchten, das heißt, ist immer noch Hoffnung. Es gibt Fälle … Ich wollte nicht über Fälle mit Lisa sprechen, ich wollte wissen, was sie wollte, von mir wollte. Kommst du gut voran mit deiner Arbeit?

Diese Frage mußte kommen, was sollte ich darauf antworten? Ja, sagte ich. Das Ja war so knapp, daß es sie zum Verstummen brachte. Zunächst. Doch dann begann sie mit veränderter, harter, anklagender Stimme zu sprechen. Ich war überrumpelt.

Erinnerst du dich, als du dir den Kopf beinahe

kahl rasieren hast lassen, bis auf einen Haarkamm in der Mitte des Schädels, das war zu der Zeit, als dich Mutter mit nach Deutschland nehmen wollte. Mutter bezahlte dir den Friseur, und dann bist du mit einer Glatze zurückgekommen, ich erinnere mich, die Kopfhaut schimmerte bläulich, Mutter war entsetzt.

Was soll das? Ich begann mich zu ärgern.

Du wolltest Mutter in Deutschland kompromittieren, wolltest sie und ihren Mann bloßstellen.

Ja, sagte ich, später ließ ich mir auch den schmalen Haarstreifen entfernen, und Mutter verlangte, ich müsse ein Kopftuch tragen. Sie hat mich nicht verstanden, sie hat mich auch damals nicht verstanden. Ich wollte auch mit Glatze geliebt werden, das war die Probe, auf die ich sie stellen wollte, aber sie hat nur meine Haare geliebt, nicht mich.

Dann bist du verschwunden, weißt du noch, Mutter ließ dich von der Polizei suchen. Ich habe das alles miterlebt, sie war völlig verzweifelt, konnte nicht mehr essen und nicht mehr schlafen.

Deshalb rufst du mich an, fragte ich erregt, um mit mir über Vorfälle zu reden, die Jahre zurückliegen?

Du hast recht, sagte Lisa kleinlaut, es hat keinen Sinn. Ich wollte dich nur daran erinnern, daß Mutter damals alles stehen- und liegenließ, um dich zu suchen, sie hat eine Reise abgesagt, sie hat alle deine Freunde angerufen, von einem zum anderen ist sie gelaufen, bis sie eine Spur von dir entdeckt hat.

Schließlich hat sie dich gefunden, in einem schäbigen Lokal jenseits der Grenze, sie hat es mir erzählt, als sie dich da herausholte, wollte sie dich umarmen, da hast du sie weggestoßen. Du wolltest dich nicht mehr berühren lassen, darunter hat sie gelitten.

Was soll das, willst du mir Schuldgefühle einreden? Du gibst dir vergeblich Mühe. Ich sage dir ein für allemal, ich komme, wenn ich hier fertig bin, keinen Tag früher.

Denkst du nie zurück? fragte Lisa.

Ich nicht, aber *es*, alles in mir ist ein Zurückerinnern an meine Kindheit und die Erfahrungen, die aus mir das gemacht haben, was ich bin.

Und was bist du?

Können wir das Gespräch beenden.

Ich hörte Lisa seufzen. Ich werde Mutter von dir erzählen und ihr sagen, daß du drauf und dran bist, eine berühmte Malerin zu werden, das wird sie freuen.

Adieu, sagte ich und legte auf.

Ich sprang auf, lief im Atelier hin und her, ich merkte, wie ich am ganzen Körper zitterte. Meine Schwester hatte einen Volltreffer gelandet. Früher waren wir Verbündete gegen die Eltern, gegen den Vater, gegen die Mutter gewesen. Jetzt hatte sie die Seiten gewechselt. Sie wollte mir ihre Erinnerungen aufzwingen.

Ich ging an die Staffelei, schaute auf die weiße Leinwand. Das Gesicht des Mannes drängte sich mir auf und in einer Wut, die mich aus dem Schmerz der Erinnerung riss, begann ich zu malen. Ich sah Nico Voglio vor mir, wie ihn Alma fotografiert hatte, sein Lachen, sein Grinsen, seine Düsternis und seine Gefährlichkeit. Alles sah ich, und ich malte es. Eine aufgespannte Leinwand nach der anderen nahm ich, stellte sie auf die Staffelei, während ich die fertigen Bilder abnahm, sie an die Wand lehnte, ohne sie noch einmal anzuschauen. Es erwies sich als gut, daß ich mich mit aufgespannten Leinwänden eingedeckt hatte. Meine Zuversicht mußte groß gewesen sein. Es entstanden sechs Bilder von dem Mann, den ich nur einmal gesehen und dessen Gesicht sich in mir festgesetzt hatte, bis ich wehrlos genug war, um es in mir lebendig zu machen. Ich schaute auf die Uhr, es waren sechs Stunden vergangen. Nun war ich leer, ich taumelte, faßte mir an den Kopf.

Es war inzwischen Nacht geworden. Ich hatte die Zeit vergessen und das Einbrechen der Dunkelheit nicht wahrgenommen, immerhin mußte ich Licht gemacht haben. Ich war erschöpft, aber hellwach, so hellwach, daß ich dachte, nie mehr Schlaf zu brauchen. Ich atmete, und jeder Atemzug war Glück. Ich ging an die Wand, an die ich die fünf Bilder gestellt hatte, das sechste stand noch auf der Staffelei. Ich sah sie nun mit klarem, kaltem Blick. Sie waren gut. Ich fand sie sogar großartig. Ich hätte tanzen mögen. Die sechs Gesichter des Nico Voglio. Immerhin war es mir gelungen, die seelischen Schichten eines Mannes, den ich lediglich zwei Stunden gesehen hatte, auf der Leinwand festzuhalten.

Ich hörte, wie jemand die Eingangstür öffnete, ins Schloß fallen ließ. Alma? Ich riß die Tür auf. Es war Amadeus, der mit unsicheren Schritten auf mich zukam. Er war sturzbetrunken, wollte mich umarmen, ich liebe dich, lallte er, ich liebe euch alle, liebe alle Frauen, meine Frau auf Sylt liebe ich auch, meine Tochter liebe ich. Wo, wo ist Alma? fragte er mich plötzlich, als würde er erwachen. Ich hätte sie gebraucht, sie versteht alles, sie hätte mir auch meine Frau erklärt. Alles erklärt. Sie ist weg. Du weißt auch nicht, wo sie ist?

Nein, sagte ich, ich glaube, du gehst jetzt besser ins Bett. Was hast du gemacht, warum schläfst du noch nicht? fragte ich wie eine Mutter. Er schob mich zur Seite, taumelte ins Atelier. Halt, sagte ich, das ist nicht dein Zimmer.

Macht nichts, sagte er mit großer Geste. Er stellte sich vor meine Bilder. Wow, sagte er, wow! Du? Du gemalt? Ich nickte. Er sagte wieder, wow, ich mußte lachen, und er ging hinaus in den Flur, lehnte sich an die Wand, dachte nach und verschwand dann ohne ein Wort in seinem Zimmer.

Wow, dachte ich, wow. Armer Kerl. So gut fühlte ich mich, daß ich mir dieses leicht herablassende Mitleid mit dem Betrunkenen erlaubte. Ich löschte alle Lichter im Atelier, setzte mich in der Dunkelheit hin, ließ die Geräusche der römischen Nacht, den Lärm, das Schreien, Kreischen, Lachen, das Krachen der Motoren, das Hupen, das Singen und das Musizieren zu mir herein, nahm alles in mich auf, bis ich ganz ruhig wurde und endlich ins Bett gehen konnte.

6

Der römische Lärm, der erfahrungsgemäß erst gegen vier Uhr morgens abzuebben pflegte, ließ mich nicht zur Ruhe kommen. Bisher hatte er mich nie am Einschlafen gehindert, doch heute waren nicht nur von der Straße Schreie und heulende Motoren zu hören, sondern im Haus selbst deutsche Burschenschafter, die ein Kneipentreffen abhielten, das mit Gegröle und deutschem Liedgut, Tanzen und Springen verbunden war, sodaß sogar mein Fußboden bebte. Ich hatte mir Ohropax in die Ohren gestopft, es half kaum, denn ich war nun wieder so aufgekratzt, daß mich selbst das leiseste Geräusch aufgeschreckt hätte. Die Ruhe, die ich noch empfunden hatte, als ich mich ins Bett legte, hatte nicht angehalten. Ich versuchte, die Freude an der gelungenen Arbeit wieder in mir wachzurufen. Es gelang mir nicht. Statt dessen begannen mich der betrunkene Schriftsteller mit seiner nach Sylt geflohenen Frau, Nico Voglio, Alma, wie wir Hand in Hand gingen, meine in weiße Laken gehüllte Mutter, aus deren Mund und Nase Schläuche hingen, zu quälen, sekundenkurze Videoclips. Endlich gab ich es auf, den Schlaf erzwingen zu wollen, ging in die Küche, trank ein Glas Wasser, schluckte zwei

Baldriantabletten und legte mich wieder ins Bett. Irgendwann muß ich wohl tatsächlich eingeschlafen sein, denn ich wurde von Alpträumen gemartert, ich fand den Schriftsteller blutüberströmt in seinem Zimmer, er hatte versucht, sich die Pulsadern aufzuschneiden, jedenfalls blutete er, und ich sagte zu ihm, nicht einmal das bringst du fertig, da begann er zu weinen und ich wischte sein Blut auf. Ich erwachte schweißgebadet und zitternd, glaubte, den Geruch des Blutes in der Nase zu haben.

Der Traum beunruhigte mich, und ich versuchte ihn zu deuten. Die Blutlache auf dem Parkettfußboden, die ich geträumt hatte, erinnerte mich an etwas. Ich brauchte nicht lange zu suchen, das Erlebnis war sofort da, ich würde Lisa wieder eine Geschichte zu erzählen haben. Nein, ich hätte sie Mutter erzählen sollen, was ging Lisa das alles an. Aber jetzt war es zu spät. Ich war zwölfeinhalb Jahre alt, als ich wie heute mitten in der Nacht erwachte, es war etwas mit mir geschehen, ich lag in einer Feuchte, ich machte Licht, sah, daß ich geblutet hatte, Blut zwischen den Beinen, auf dem Laken. Ich war aufgeklärt, aber nicht vorbereitet. Nicht vorbereitet auf das Blut, das da aus meinem Körper kam. Ich sehe mich auf die Toilette rennen, über den gelben Teppichboden eine Blutspur ziehen, mir Klopapier zwischen die Beine stecken, ich sah, daß ich auch auf der schneeweißen Keramik der Toilette eine rote Spur zog und das Bad beschmutzte. Ich wollte mich waschen, das Blut wegwaschen, griff mir ein Handtuch, schob es mir zwischen die Beine, kroch zurück ins Bett, herzklopfend, voll Angst, von einer Verlassenheit, wie ich sie bisher nie gespürt hatte. Ich vermißte Lisa, Lisa noch mehr als Mutter. Lisa, mit der ich ein Zimmer geteilt hatte. Die sich immer um mich gekümmert hatte, mehr, als es die Mutter je getan hatte, die darauf geachtet hatte, daß ich meine Schulsachen beisammenhatte, die mir bei den Hausaufgaben half, sie hätte auch jetzt Rat gewußt. Ich fand keine Ruhe, schlief nicht mehr ein, der Wecker würde bald läuten und ich war krank, ich würde im Bett bleiben, eine Blutende war krank. Ich fühlte mich schlecht, Bauchkrämpfe, das war normal, das wußte ich, das las man in Büchern, das lernte man im Biologieunterricht. Der Wecker rasselte, die zukünftige Frau meines Vaters riß die Tür auf, machte Licht, ich blinzelte geblendet, sie schrie, raus! Was hast du denn da für eine Sauerei gemacht. Ich taumelte schlaftrunken aus dem Zimmer, wußte nicht, wo anfangen, wie anfangen. Dalli, dalli, bevor dein Vater wach wird. Dann kannst du was erleben. So schrie sie, durch ihr Geschrei würde Papa wach werden, er würde mich in Schutz nehmen, ich hatte keine Angst vor ihm, damals. Aber er kam nicht. Schlief er so tief? Also krümmte ich mich über den Eimer, wischte, verwischte alles, immer noch Blut, das Blut so rot und ich würde zu spät in die Schule kommen. Schließlich warf sie mir noch ein paar Binden hin, und daß mir das nicht mehr passiert. Die Flecken aus dem Teppich kriegte ich auch später nicht heraus. Ich sah sie täglich, sie waren mir eine tägliche Scham. Mutter, wo warst du da? Ich glaubte das alles längst in mir begraben, vergessen, vergeben, ausgelöscht. Zuletzt wurde ich daran erinnert, als ich vor Jahren bei einer großen Munch-Ausstellung in Basel dem Bild »Pubertät« gegenüberstand. Ich erkannte mich in dem mageren Mädchen wieder, das mit zusammengepreßten Schenkeln auf dem Bett sitzt, in seiner grenzenlosen Verlassenheit, das war ich, ich weiß noch, daß ein Schluchzen in mir zu würgen begann, daß ich die Ausstellungsräume verließ und mich auf die Toilette flüchtete, dort meinen Tränen freien Lauf ließ. Hinterher fühlte ich mich erleichtert und frisch, ich glaubte, ich hätte die Erinnerung mit meinen Tränen aus mir herausgekotzt. Munch, überhaupt Munch, er paßte nicht nach Rom. Paßte auch ich nicht in meine Geschichte?

Schließlich war ich wohl noch einmal eingeschlafen, denn man schläft immer irgendwann ein und erwacht oder erwacht einmal nicht mehr. Ich mußte einige Stunden geschlafen haben, denn als ich die Augen aufschlug, war es später Vormittag, ich stand auf, ging ins Atelier. Mein Herz klopfte, wie würden die Bilder heute auf mich wirken? Sie lehnten an der Wand, ich atmete einmal tief durch. Ging nahe an sie heran, dann wieder einige Schritte zurück, jedes einzelne nahm ich so in Augenschein. Langsam wich die Spannung aus mir, sie gefielen mir, sie waren gut. Bei dem einen oder anderen vielleicht noch eine kleine Korrektur, ein Farbtupfer, eine Ergänzung. Ich drehte sie gegen die Wand, in einer Woche wollte ich sie noch einmal betrachten, sie prüfen. Würde Nico sich in den Bildern wiedererkennen, würde er sich in ihnen wiedererkennen wollen? Alma hätte ich sie zeigen wollen. Sie hatte mich mit Nico bekannt gemacht, hatte sich dabei etwas gedacht, hatte eine Absicht verfolgt, hatte mir das Gesicht dieses Mannes gezeigt, um mich dann damit allein zu lassen, um zu verschwinden, um mich zu verlassen. Ich hätte Alma hassen sollen. Sollte sie hassen, um mich lieben zu können.

Es klingelte, das Telefon. Eine männliche Stimme, der Anrufer sprach italienisch, fragte nach Alma. War es ihr Galerist? Umberto Tossi, er nannte seinen Namen. In meinem schlechten Italienisch erklärte ich ihm, daß Alma nicht da sei, schon seit zwei Wochen hätte ich sie nicht gesehen. Er beharrte darauf, sie zu sprechen, heute, sagte er, *oggi alle quattro alla Via dei Banchi Vecchi centotrentacinque, Galleria Tossi*. Dann legte er auf. Ich notierte mir seinen Namen. Ich war verwirrt, hatte meinen Kopf in die Hände gestützt und dachte nach, als Amadeus auftauchte, er hatte rotgeränderte Augen. Er fragte nach Pfefferminztee, ich erzählte ihm von dem Anruf.

Da gehen wir hin, sagte er, plötzlich lebendig geworden, um vier Uhr in der Via Banchi Vecchi 135. Den schauen wir uns an.

Gute Idee, mußte ich eingestehen. Wieso war mir das nicht eingefallen? Jedenfalls war ich es zufrieden, nicht allein gehen und diesem Umberto Tossi begegnen zu müssen.

Amadeus vergaß den Pfefferminztee. Endlich eine Spur, sagte er.

Eine Spur? fragte ich.

Von Alma, sagte er, ich glaube, es ist derselbe, der schon einmal angerufen hat. Das war auch ein Galerist. Sein Optimismus war ansteckend.

Es war eine kleine Galerie, die mit elegant gekleideten Damen und Herren gefüllt war, die in Grüppchen zusammenstanden, dabei die Champagnergläser und Häppchen in ihren Händen gekonnt balancierten. Eine Vernissage, sagte Amadeus, da kommen wir ja gerade recht. Aber so, wie wir angezogen sind? warf ich zweifelnd ein. Amadeus, der plötzlich den Selbstbewußten herauskehrte, machte eine wegwerfende Handbewegung, betrat vor mir die Galerie, nahm ein Faltblatt vom Tisch, reichte auch mir eines und würdigte den Türsteher keines Blickes. Wir mischten uns unter die Leute und wurden nicht beachtet. Alles Römer, flüsterte mir Amadeus zu, ich höre das an der Aussprache, am besten, wir halten den Mund. Wir trennten uns, um die ausgestellten Kunstwerke zu betrachten, beinahe als einzige, denn die übrigen Besucher kümmerten sich kaum um die Ausstellung. Es waren großformatige Ölbilder auf Holz, manche reichten bis zur Decke, in perfekt altmeisterlicher Manier gemalt. Ich war beeindruckt, nein, das ist nicht das richtige Wort, die Bilder verstörten mich. Den Namen des Malers,

Dino Vallos, hatte ich noch nie gehört. Ein Spanier, wie ich dem Faltblatt entnahm, ein Autodidakt, von Beruf Mediziner und Psychiater. Ein derart feines, beinahe durchsichtiges Inkarnat ließ sich nur mit Ölfarben erzeugen. Der Mann beherrschte sein Handwerk vollkommen. Ich hatte mich mit Ölmalerei kaum beschäftigt, dazu war ich zu ungeduldig, und das schien mir nun ein Fehler zu sein. Das Auftragen der einzelnen Malschichten, von denen jede einzelne erst trocknen mußte, hatte mich immer aus meiner Selbstvergessenheit herausgerissen und ich hatte es bald aufgegeben. Ich liebte das Aufklatschen der Acrylfarben, die rasch trockneten, was in gewisser Weise riskanter war. Toll, sagte Amadeus, der plötzlich neben mir stand, mir läuft es kalt über den Rücken. Er wies auf einen asthenischen, nackten Jüngling, einen vollkommenen, noch kindlichen Körper, makellose Haut (das Inkarnat schien von innen zu leuchten), und da, entlang der Schläfe, eine blutrote, klaffende, saubere Wunde, in der sich, bei näherem Betrachten, fette Maden wanden. Alle Gemälde in der Ausstellung beschäftigten sich mit vollkommenen, beschädigten Körpern, alle nackt und ihre schönen Gesichter ohne Regung und ohne Ausdruck. Aus dem aufgeschlitzten Bauch eines anderen jungen Mannes quollen seine Gedärme, einer botticellihaften Aphrodite war die rechte Gesichtshälfte zerschnitten, die Wunde war rot, aber sie blutete nicht mehr und wurde mit einer Sicherheitsnadel zusammengehalten. Zwischen Daumen und Zeigefinger der rechten Hand hielt sie eine Rasierklinge, die sie gegen ihre Vagina hielt. Alle Gesichter sahen den Betrachter direkt an, mit kalten Blicken, sie waren von einer vollkommenen, sterilen Schönheit. Da! Amadeus kam aufgeregt zu mir, zupfte mich am Ärmel, komm!, nahm meine Hand und zog mich mit sich. Er führte mich vor eines der überlebensgroßen Bilder, darauf war einer von den schönen Frauenakten zu sehen, ähnliche hatte ich an der gegenüberliegenden Wand schon bewundert. Zuerst sah ich nur die roten Haare, die sich wie Schlangen um Schultern und Brüste wanden. Sie schienen zu leben. Amadeus flüsterte: Wahnsinn! Schau doch, das Gesicht! Das ist doch Alma? zischte er, als ich nicht reagierte. Ja, es war Almas Gesicht. Allerdings gab ihm seine Ausdruckslosigkeit eine Fremdheit, die mich erschauern machte. Es war ihr Gesicht und war es doch nicht. Alma bezauberte durch ihre lebhafte Mimik, ihr Lächeln, ihre grünen Augen hatten einen irisierenden warmen Glanz, der auf dem Bild fehlte. Denn diese Augen blickten starr, durch einen Schleier in eine Ferne, in der sich etwas Schauderhaftes begeben mußte. Der Blick hat etwas Wahnsinniges, sagte Amadeus leise, wie zu sich selbst. Der schöne, schlanke Hals trug ein rotes Band, jedenfalls dachte ich zuerst, es sei ein Band. Bei genauerem Hinsehen zeigte sich, es war ein feinsäuberlicher Schnitt, der den Kopf vom Rumpf trennte, und auch in dieser Wunde tummelten sich allerhand kleine Lebewesen,

Maden, Ameisen, Fliegen. Wo ist der Künstler? flüsterte mir Amadeus aufgeregt ins Ohr. Ich schaute mich um, betrachtete die einzelnen Grüppchen, versuchte, den Künstler auszumachen, ein Gesicht, in dem man den Künstler vermuten konnte, etwas Ausdrucksstarkes, Individuelles. Amadeus ging auf einen Mann zu, der seine graumelierten Haare mit einem breiten, roten Taftband auf dem Rücken zusammengebunden hatte. So sah also ein Künstler aus, wie ihn sich ein Schriftsteller vorstellte. Es war der Galerist, wie sich herausstellte, es war Umberto Tossi, er, der in der Atelierwohnung angerufen hatte. Der Galerist sprach kein Deutsch, und unser Italienisch war nicht ausreichend, um ein kompliziertes Gespräch zu führen. Immerhin erfuhren wir, daß der Maler leider nicht anwesend war, er unternehme ungern längere Reisen, verlasse sein Heimatland selten. Dann wechselten wir zu Englisch. Ja, er kenne Alma, natürlich kenne er sie, er sei ihr Galerist, er habe schon zwei Ausstellungen mit ihr gemacht. Sehr erfolgreiche Ausstellungen. Er plane bereits die nächste, das hatten sie beide fest verabredet. Sie habe ihm auch von einer Malerin erzählt, mit der sie bei ihm gemeinsam ausstellen wolle, eine begabte Malerin, eine Deutsche. Doch nun könne er sie nicht mehr erreichen, auch ihr *telefonino* sei tot. Alma hatte also ein eigenes Handy, nichts Ungewöhnliches, aber sie hat es in meiner Gegenwart nie benutzt, ließ sich immer auf dem Atelierhandy anrufen. Gut, sagte Tossi, sie verschwinde öfter einmal für Wochen, manchmal sogar für Monate, oder gehe nicht ans Telefon, beantworte keine Mails, diese Erfahrung habe er schon gemacht, dann sei sie plötzlich wieder da. Sie halte sich ungern länger an einem Ort auf, tauche unter, tauche auf. Sie sei wie eine Katze so unstet. Aber er hätte nun gerne die neue Ausstellung mit ihr besprochen, auch den Termin fixiert, hätte auch die Malerin gerne kennengelernt, von der sie ihm erzählt habe, vor allem ihre Arbeiten. Außerdem hätte er ihr unbedingt das Bild zeigen wollen, das Dino Vallos gemalt habe, ohne sie auch nur einmal gesehen zu haben. Er habe sie porträtiert, ohne sie überhaupt zu kennen. Das Bild sei aus einer Vision entstanden, habe ihm der Spanier gesagt, er habe die Frau leibhaftig vor sich gesehen. Es habe kein Modell gegeben, er male nie nach Modellen. Es ist ein Wunder! Ich habe das Bild sofort gekauft, fuhr er fort, es ist großartig, Alma ist großartig. *Stupendo, fantastico.* Ich habe das Bild für Alma erworben, ich bin sicher, sie würde es für sich haben wollen.

Ich sagte, ich bin die Künstlerin, mit der Alma eine Ausstellung machen wollte. Tossi war überrascht. Amadeus lächelte stolz, als hätte *er* einen Coup gelandet. Der Galerist freute sich, mich auf diese Weise kennenzulernen. Er würde gerne meine Bilder sehen. Ich gab ihm die Adresse des Ateliers. Er nahm das Kärtchen, warf einen kurzen Blick darauf, nickte, steckte es in seine schwarze Brokatjacke neben das rote Stecktuch, und aus der Bewegung glaubte ich zu erraten, daß er sich nie bei mir zeigen würde, daß ihn auch meine Bilder nicht interessierten, weil ihn in Wirklichkeit nur Alma fesselte.

Wenn Alma zurückkommt, sagen Sie ihr, sie soll sich sofort bei mir melden, sagen Sie ihr das und kommen Sie dann gleich beide hierher. Damit wir ein Konzept entwickeln können. Ich nickte und schaute zu Boden.

Als ich wieder aufsah, stand Nico Voglio vor mir. Ich hatte ihn nicht kommen sehen. Sein schwarzer Filzhut verschattete seine Augen, er trug Sonnenbrillen. Er wirkte mächtiger, als ich ihn in Erinnerung hatte, er hatte etwas von Pietro Aretino, so wie Tizian ihn gemalt hatte. Es fehlte nur der breite, glänzende Satinkragen.

Xenia, rief er, breitete seine Arme aus, bist du allein, wo ist Alma?

Es fiel mir auf, daß er mich duzte, ich blieb beim Sie. Hier, sagte ich, und deutete auf das Bild. Inzwischen hatte sich ihm Umberto Tossi genähert, um ihn zu begrüßen, doch Nico wehrte ihn mit seinem linken Arm ab, den rechten hatte er auf seine Brust gelegt, und starrte auf das Bild. Er verharrte reglos, ich betrachtete sein Gesicht, das einen Ausdruck angenommen hatte, den ich noch nicht gesehen hatte. Er hatte seinen Hut abgenommen, die fettigen Haare standen wirr von seinem Kopf ab und sein häßliches Gesicht wurde durch das Entsetzen zu einer Fratze. Dann wandte er sich abrupt ab, suchte Tossi mit seinen Blicken, winkte ihn heran. Das gehört mir, ich kaufe es.

Zu spät, lächelte der Galerist, ist schon verkauft.

An wen?

An mich. Ich habe es für Alma gekauft.

Voglio setzte seinen Hut wieder auf, du bist kein Freund. Tossi lachte gutgelaunt.

Wo ist sie? Nico hatte sich wieder mir zugewandt.

Woher soll ich das wissen, sagte ich, sie ist verschwunden. Ich dachte, Sie könnten mir weiterhelfen. Ich merkte, wie Amadeus uns neugierig betrachtete. Ich stellte ihn vor. Nico beachtete ihn nicht und fragte mich, wie geht es dir?

Ich komme gut voran, sagte ich.

Wir sollten uns wieder einmal treffen. Komm doch morgen abend, ob mit oder ohne Alma.

Ich nickte, wahrscheinlich ohne.

Gut, ich erwarte dich, du kennst doch den Weg?

Er hatte den schwarzen Filzhut wieder tief in die Stirn gedrückt und ich konnte seine Augen nicht mehr sehen. Dann wandte er sich ab, verschwand im hinteren Teil des Raums.

Gehen wir, sagte ich zu Amadeus und wir verließen die Galerie. Mir war zum Heulen gewesen, als ich neben Nico stand und sein Gesicht betrachtete. Erst recht, als er mich fragte, wie es mir gehe. Darauf erwartete man keine wahrhaftige Antwort, obwohl ich sie ihm gerne gegeben hätte. Daß ich mir den Kopf wegen Alma zermartere und daß meine Mutter im Koma liege und ich nicht an ihr Bett fahren wolle. Eigentlich wollte ich ihn auch einladen, meine Bilder anzuschauen. Aber ich hatte plötzlich Angst davor.

Wir schlenderten die Via dei Banchi Vecchi entlang, überquerten dann den Corso. Ich wußte, daß Amadeus Auskunft über Nico Voglio erwartete, und ich erzählte ihm, was er wissen sollte.

Du gehst allein zu ihm?

Warum nicht? fragte ich zurück.

Er gefällt mir nicht, sagte Amadeus.

Zugegeben, er ist nicht schön, sagte ich.

Das meine ich nicht, Amadeus schüttelte den Kopf. Er ist mir nicht geheuer.

Das war er mir auch nicht, aber ich war neugierig, begierig, etwas über Alma zu erfahren.

Soll ich dich begleiten? fragte Amadeus.

Ich schaute ihn an, was ist los mit dir? Ich bin doch kein Kind mehr.

Ach, sagte er, ich fühle mich besser, wenn ich mit dir zusammen bin. Nicht so bedrückt, fügte er leise hinzu.

Sein Geständnis rührte mich, es war ungewöhnlich für einen Mann, der keine Schwäche zeigen konnte. Du machst dir Sorgen um deine Frau?

Er nickte. Und um die Kleine.

Ich überlegte eine Antwort, dann schwieg ich, was gab es dazu zu sagen? Wie geht's mit dem Schreiben? fragte ich stattdessen.

Schlecht, ich komme nicht weiter. Ich habe eine Person eingeführt, von der ich noch nichts weiß, ich kenne sie noch nicht. Wenn ich nicht an meine Frau denke, denke ich an meine Romanfigur. Außerdem ist sie verschwunden und ich weiß nicht wohin, weiß nicht, ob sie wieder auftauchen wird.

Ein bißchen wirr, dachte ich, sein Reden. Du hast eine Romanfigur, die verschwindet, fragte ich schließlich doch nur mäßig interessiert, und die du verschwinden hast lassen, und jetzt weißt du nicht, wo sie geblieben ist? Ich mußte lachen. Er schaute mich gekränkt an.

Ja, so ist das eben beim Schreiben. Du hast das Gefühl, die Figur muß verschwinden, dann läßt du sie verschwinden, dann ist sie weg und du weißt nicht, wohin sie gekommen ist, weißt plötzlich überhaupt nichts mehr von ihr.

Könntest du das Geschriebene nicht einfach löschen, dann ist sie noch da und und du kannst sie bleiben lassen und mußt dir nicht den Kopf zerbrechen, wo sie geblieben sein könnte.

Er schüttelte den Kopf, das geht nicht. Ich weiß genau, daß sie verschwinden muß.

Na dann, sagte ich, dann ist es ja in Ordnung. Ich verstand offenbar zu wenig vom Schreiben eines Romans. Meine Mutter hatte solche Probleme nie mit mir erörtert, vielleicht mit ihrem zweiten Mann, mir hat sie immer nur die fertigen Geschichten erzählt, und zwar schon bevor sie anfing, sie niederzuschreiben. Und da klangen sie für mich schlüssig und spannend, wenn auch etwas kolportagehaft. Dann fiel mir plötzlich Alma ein, wer hat sie verschwinden lassen?

Ja, rief Amadeus begeistert, wie Alma! Allerdings ist es in meinem Roman ein Mann, der verschwindet.

Ein Mann? fragte ich enttäuscht. Verschwundene Männer schienen mir weniger interessant als verschwundene Frauen. Bei Frauen käme literarisch auch ein Mord in Betracht, bei Männern denkt man wohl an eine andere Frau oder an Selbstmord. Ein Krimi? fragte ich.

Nicht direkt, sagte er, das Problem ist, daß der Grund des Verschwindens zu der verschwundenen Person passen muß. Ich muß meine Person erst kennenlernen.

Das heißt, du mußt sie dir erst erschaffen.

Ja, ich muß ihr einen Charakter und ein Schicksal geben, darüber denke ich nach, bisher ohne Ergebnis. Sonst half mir meine Frau immer beim Nachdenken. Ich erzählte ihr die Geschichte, die ich schreiben wollte, und wo es noch haperte, gab sie Anregungen, sie stellte die richtigen Fragen, und wenn ich nach einer Antwort suchte, hatte ich meistens schon die Lösung.

Ich mußte mich vorsehen. Er würde mir doch hoffentlich nicht seinen Roman erzählen wollen. Wir waren inzwischen im Atelier angelangt. Ich wollte noch etwas arbeiten und ließ Amadeus ziemlich abrupt mit seinem Verschwundenen allein zurück.

Der Besuch in der Galerie Tossi hatte mich ziemlich durcheinandergebracht. Alle der dort ausgestellten Bilder, ob es nun die beiden Knäbinnen waren, die an den Seiten zusammengewachsen schienen und auf deren Rücken ein schwarzer Reiher hockte, der mit seinem spitzen Schnabel einem Mädchen in den Nacken stach, was es aber nicht zu spüren schien, vielleicht war es ja auch eine Liebkosung, denn beide schauten den Betrachter ohne Regung an, oder ob es das Gesicht des Mädchens war, das sich seinen linken Augapfel zwischen kleinem Finger und Ringfinger vor das leere Auge hielt, übten eine starke Faszination auf mich aus. Am meisten hatte mich natürlich der überlebensgroße Akt, der Almas Züge trug, aufgewühlt, und ich wußte nicht, was ich mit meinen Gefühlen anfangen sollte. Der Maler kannte Alma angeblich nicht. Möglich, daß er nur ein makellos, klassisch schönes Gesicht malen wollte, das ihr zufällig ähnelte, denn es hatte keinen persönlichen Ausdruck, es hatte keine Seele, es wirkte unheimlich und maskenhaft. Das war es auch, was mich daran zweifeln ließ, ob ich in dem Gesicht tatsächlich Alma wiedererkennen durfte. Nun wollte ich sie malen, meine Erinnerung an sie, ich wollte keine Maske, ich wollte ihre Seele zeigen. Was ich nicht alles wollte! Ich wollte sie vor allem herbeimalen, glaubte, ich könnte sie herbeizwingen, wenn ich sie malte. Hatte sie nicht zu mir gesagt, in Rom müsse man glauben, auch an Wunder?

Ich arbeitete wieder bis zur Erschöpfung. Einmal hatte es an meine Tür geklopft, ich hatte nicht reagiert und einfach weitergemacht. Es war gegen zwei Uhr nachts, als ich den Pinsel weglegte und zu Bett ging, ohne etwas gegessen zu haben, ich verspürte keinen Hunger. Ich war zufrieden, ich war müde.

Beim Frühstück war ich am nächsten Morgen allein. Amadeus war nicht zu sehen und ich war es zufrieden. Ich war vor allem zufrieden mit der Arbeit, die mir gelungen war. Ich könnte mich beim Kuratorium melden.

Im Postfach fand ich einen Brief von Peter vor, den ich hastig öffnete. Ich merkte, daß ich ihn vermißt hatte, vor allem das Gespräch mit ihm. Er wollte wissen, wie es mir geht, meiner Arbeit, dann nannte er mir noch den Namen eines Beamten des Kuratoriums, der mir im Hinblick auf die Ausstellung sicher hilfreich sein würde, ich solle mich nur auf ihn berufen. Peter, der seinerzeit selbst Rom-Stipendiat gewesen war, habe damals Nutzen aus der Ausstellung seiner in Rom enstandenen Arbeiten gezogen, nicht nur, daß er sich über einige Verkäufe freuen konnte, er sei daraufhin zu einer Sammelausstellung nach Bologna eingeladen worden und schließlich auch nach Meran und Innsbruck. Ich nahm den Brief und lief damit ins Atelier, ich spürte, daß mich eine lächerliche Rührung befiel. Ich hatte doch nicht etwa Heimweh? Ich wollte nicht, daß mich Amadeus in Tränen aufgelöst sehen würde, es ging mir doch gut. Ich weinte dann tatsächlich, las den Brief immer wieder und überlegte mir, ob ich Peter vom Verschwinden der Fotografin erzählen sollte und daß ich seither mit meinen Gefühlen entgleist war, dabei aber gute Sachen gemalt hatte. Würde er das verstehen? Den Rodin-Wahlspruch, *Il faut travailler, rien que travailler*, den auch er sich auf die Fahnen geheftet hatte, hatte er mir als Mahnung in den Brief geschrieben. Es war gut, daran erinnert zu werden: Man muß arbeiten, nichts als arbeiten. Ich hatte gearbeitet, vielleicht weniger, als er von mir erwartete. Aber wie würde er mit einer Mutter, die jenseits der Alpen im Sterben lag, und dem Verschwinden einer Freundin zurechtkommen? Würde er dem allen auch nur mit Arbeit begegnen? Ich hatte es versucht, nicht nur versucht, ich hatte gearbeitet, und die Bilder, die dabei entstanden waren, konnten sich sehen lassen. Aber jetzt war ich leer, ich glaubte zu wissen, es würde nichts mehr kommen, nicht hier, nicht mehr in Rom. Ich fühlte mich von der Stadt erdrückt.

Ich notierte mir die Nummer des Kuratorium-Büros auf einen Zettel und verließ die Wohnung, die wie ausgestorben wirkte. Auf der Piazza Navona fand ich keine Telefonzelle, die nicht kaputt war, erst auf der Piazza Rotonda, neben einem Café, hatte ich Glück. Ich bekam die Sekretärin an den Apparat, schließlich auch den hilfreichen Herrn, dessen Namen mir Peter genannt hatte. Peter hatte recht, Herr Magister Maderthaner wirkte außerordentlich interessiert und wollte schon in den nächsten Tagen vorbeikommen, um sich meine Bilder anzuschauen.

Wieder heiter gestimmt, setzte ich mich an einen der freien kleinen Tische auf der Piazza, zahlte einen horrenden Preis für einen Espresso und dachte an Alma, die sich damals, am Beginn meines Aufenthalts, in einem Café an der Piazza Navona zu mir gesetzt und die Absicht geäußert hatte, mich zu fotografieren. Sie hatte mein Gesicht interessant gefunden. Inzwischen waren vier Wochen vergangen, vier Wochen, und Alma war nicht mehr aufgetaucht, kein Lebenszeichen, und wir, Amadeus und ich, hatten nicht nach ihr gesucht. Wir hatten jeden Tag auf ihr Wiederkommen gehofft, das Hoffen auf ihr Erscheinen hatte uns gelähmt. Inzwischen war sie mir so entrückt, daß ich an sie dachte wie an ein Phantom. Mein Schmerz war schließlich einem Verwundern gewichen. Das Bild in der Galerie von Umberto Tossi und das Wiedersehen mit Nico Voglio hatte das Bewußtsein des Verlustes wieder belebt. Und doch sehnte ich ihr Wiederkommen nicht mehr herbei. Sie war für mich gewesen, sie war etwas Vergangenes geworden.

Zur vereinbarten Stunde fand ich mich bei Nico Voglio ein. Die Haushälterin öffnete mir, sie begrüßte mich mit Namen, ich stieg die Treppen hinauf, klingelte an der braungestrichenen Tür, an der die Farbe abblätterte, das fiel mir auch jetzt wieder auf. Überhaupt machte das ganze Gebäude auf mich heute einen verwahrlosten Eindruck. Es dauerte eine Weile, bis ich schwere Schritte, ein Hüsteln und lautes, schnaubendes Atmen hörte. Er sollte abnehmen, dachte ich. Als er mich an sich drückte, fühlte ich plötzlich eine starke Abneigung gegen den Mann, der mir seine Körperlichkeit und seinen Geruch aufzwang. Hatte er nicht auch Alma so an sich gepresst? Und sie hatte es sich gefallen lassen. Er ließ mich plötzlich los und führte mich in die Bibliothek, wir setzten uns an den Tisch, auf dem eine Flasche Wein, Gläser, Käse und Brot warteten. Es war alles genau so, wie ich es mit Alma erlebt hatte, das hatte etwas Gespenstisches.

Setz dich, sagte er. Ich suchte mir einen Platz, von dem aus ich auf die Pinien vor dem Fenster blicken konnte. Während er mir Wein einschenkte, fragte er, wie lange sie nun schon verschwunden sei?

Vier Wochen.

Und du hast keine Ahnung, wohin sie gegangen ist?

Ich hoffte, Sie könnten mir weiterhelfen, sagte ich, Sie kennen Alma doch sehr gut, kennen wahrscheinlich auch ihre Gewohnheiten, ihre Freunde.

Er ging nicht darauf ein. Statt dessen fragte er, wann ich sie zuletzt gesehen hätte.

Ich erzählte es ihm. Typisch, sagte er.

Wieso typisch? fragte ich.

Er seufzte, trank einen kräftigen Schluck aus dem Glas, schenkte sich nach. Das kenne ich von ihr, sie ist wie eine Katze, hält es nirgends lange aus, kommt und geht, wie es ihr gefällt. Das muß man wissen und akzeptieren, wenn man mit ihr befreundet sein will.

Er schaute mich prüfend an. Auch der Galerist hatte sie mit einer Katze verglichen.

Das hätte ich früher wissen sollen, sagte ich, dann wäre ich darauf vorbereitet gewesen.

Bei Alma ist man nie auf irgend etwas vorbereitet, sagte Nico.

Sie kennen Sie schon lange?

Seit sechsundzwanzig Jahren etwa. Ja, ziemlich genau seit sechsundzwanzig Jahren. Wir schwiegen.

Dann können Sie mir vielleicht sagen, wann sie wiederkommt, ich meine, aus Ihrer Erfahrung.

Er zuckte mit den Schultern. Bei Alma helfen keine Erfahrungen, manchmal kommt sie nach wenigen Tagen zurück, manchmal nach Monaten, manchmal überhaupt nicht, das heißt, sie wechselt einfach ihren Wohnsitz. Gelegentlich wird sie zu ihrem Mann gerufen.

Wie? Ich war verblüfft, sie ist verheiratet?

Das hat sie dir nicht erzählt? Ja, nur auf dem Papier. Mit einem italienischen Grafen, eine Josefsehe sozusagen. Hatte sie sich ausbedungen, aber der Mann wurde damit nicht fertig, er wurde verrückt und lebt jetzt außerhalb von Rom bei Nonnen, die ihn betreuen. Manchmal, wenn er tobt, oder nach einem Selbstmordversuch, dann rufen die Nonnen nach ihr, dann fährt sie unverzüglich zu ihm und bleibt, bis er sich wieder stabilisiert hat. Oder bis die Medikamente wirken. Sie muß sich immer überwinden, ihn zu sehen, denn sein Aussehen hat sich durch die Antidepressiva und andere Medikamente vollkommen verändert. Er soll einmal schön gewesen sein, schlank, groß, doch nun seien Körper und Gesicht unförmig aufgequollen und seine Zähne schwärzlich verfärbt. Auch sein Wesen habe sich verändert.

Verständlich, sagte ich und versuchte die neuen Informationen meinem Bild von Alma zuzuordnen. Der italienische Conte interessierte mich nicht, auch nicht sein Aussehen, ich wollte mehr über Alma hören, ihre ganze Geschichte.

Und Sie, fragte ich ihn, Sie haben sie auch geliebt?

Ja, sagte er, alle lieben sie. Alle, Männer und Frauen.

Ich errötete. Er strich mir über den Handrücken, nickte. Ich weiß, sagte er, wenn du willst, erzähle ich dir ihre Geschichte, soweit ich sie kenne.

Ich nickte. Haben Sie keine Angst um sie, wenn sie verschwindet? Daß ihr etwas passiert sein könnte?

Er dachte nach. Nein, sagte er und schüttelte heftig den Kopf, ihr passiert nichts. Dann nahm er einen Schluck aus seinem Glas, schwieg eine Weile. Ich wartete und sah durch das Fenster das Grün der Pinien. Im Raum selbst war es durch die dunkle Holztäfelung so düster, daß das Fenster wie ein Tunnelausgang wirkte. Schließlich hob er den Kopf, faßte mich scharf ins Auge, er schien mich zu prüfen. Wo soll ich anfangen? fragte er.

Am Anfang, sagte ich ungeduldig.

Also, vom Anfang. Alma ist in der Steiermark geboren, wo, das tut nichts zur Sache, die Eltern hatten ein Gestüt. Alma liebte die Pferde, sie lernte früh reiten, wollte eine Weile auch Turnierreiterin werden, da hätte sie vielleicht auch Karriere gemacht. Sie hatte eine Lieblingsstute, den Namen habe ich vergessen, von der sie behauptete, das Pferd könnte sogar ihre Gedanken lesen. Auch ihr Vetter, der damals zu Besuch auf dem Gestüt war, war ein Pferdenarr. Er war um zwanzig Jahre älter, und leider hatte er sich in die Vierzehnjährige vergafft, er war ganz verrückt nach ihr. Schließlich, sie waren beide allein bei den Pferden, im Stall, da hat er ihr Gewalt angetan, ja, er hat dieses halbe Kind vergewaltigt. Sie hat sich gewehrt, hat geschrien, aber gegen den kräftigen Mann war sie chancenlos. Ich war ein Opfer, sagte sie, ich wollte kein Opfer sein, Opfer werden immer verachtet. Deshalb hat sie es niemandem gesagt. Auch nicht der Mutter, nicht dem Vater.

Er unterbrach sich, goß sich Wein nach, trank.

Aber sie rächte sich. Einige Tage später verabredete sie sich mit dem Cousin wieder im Pferdestall. Sie stand in der Koje neben ihrer Stute, hatte ihre Arme um den Hals des Pferdes geschlungen. Als der Mann an sie herantreten wollte, schlug die Stute aus. Ihre Hufe trafen ihn im Bauch. Alma küßte das Pferd auf die Nüstern und verließ den Stall, ohne sich um den schwerverletzten Mann zu kümmern. Wenn nicht bald darauf ein Stallknecht vorbeigekommen wäre, wäre er wohl an seinen inneren Verletzungen gestorben. Daß er mit dem Leben davongekommen ist, das sagte sie mir später, hat sie enttäuscht. Immerhin waren die Verletzungen so gravierend, daß er mehrmals operiert werden mußte. Jedenfalls war er danach nicht mehr in der Lage, eine Frau zu vergewaltigen.

Um seinen Mund spielte ein unangenehmes Lächeln.

Woher wissen Sie das alles? fragte ich verblüfft.

Von Alma, wir haben keine Geheimnisse voreinander. Sie erzählte mir auch, daß es für sie ein Augenblick des Triumphes war, als sie den Mann verletzt am Boden liegen sah. Dadurch habe sie sich von ihrem Trauma befreit.

Verständlich, sagte ich trocken.

Nico stockte, er holte schwer Atem, als würde er ersticken. Das Gefühl der Allmacht, sagte sie, als sie den Mann in seinem Blut liegen sah und davonging, habe sie in einen Rauschzustand versetzt. Sie hatte einen starken Willen, den sie sogar gegen die Familie durchsetzte, als sie beschloß, Schauspielerin zu werden. Sie ging nach Wien, bestand die Aufnahmeprüfung für das Reinhardtseminar. Sie war begabt und schön, die Männer lagen ihr zu Füßen, wie man so sagt. Aber sie hatte sich geschworen, keinen Mann mehr an sich heranzulassen.

Also war das Trauma doch nicht überwunden, sagte ich.

Er blickte mich erstaunt an. Nein, sagte er, so sehe ich das nicht, es war ihr Entschluß. Sie wollte es so. Einige Jahre tingelte sie von Provinztheater zu Provinztheater, ich hatte sie aus den Augen verloren, gab aber die Schauspielerei auch wieder auf. Schließlich ließ sie sich zur Fotografin ausbilden. Ich glaube, sie besuchte eine Akademie in Berlin. In Rom lernte sie dann ihren späteren Mann kennen, der sie buchstäblich unter allen Bedingungen heiraten wollte. Ihre Bedingung war, daß er sie nie besitzen würde. Er ging darauf ein, nur um ihr nahe zu sein, wie er dachte.

Das klingt alles kolportagehaft, sagte ich.

Ich erzähle nur, was ich weiß, sagte Nico Voglio düster. Die Ehe, die keine sein sollte, war nicht glücklich. Der Graf wurde schließlich verrückt, die Familie machte Alma dafür verantwortlich. Schließlich mußte er in eine Anstalt eingewiesen werden. Seit zwei Jahren lebt er nun bei den Nonnen in der Nähe von Rom und setzt seine Betreuerinnen von Zeit zu Zeit durch Selbstmorddrohungen in Aufregung. Dann wird Alma gerufen. Manchmal muß sie mehrere Wochen bei ihm verbringen.

Könnten Sie sich vorstellen, daß sie jetzt bei ihrem Mann ist?

Ja, sagte er, könnte ich. Ist sie aber nicht, ich habe angerufen. Sie war schon länger nicht mehr dort.

Wo könnte sie dann sein?

Sie hatte viele Männerbekanntschaften, aber sie spielte mit ihnen nur. Sie demütigte sie, das war ihr ein Vergnügen. Sie liebte es, Männer von sich abhängig zu machen. Auch Frauen waren von ihr fasziniert. Sie genoß es, das war ihr erotisches Stimulans, genau wie der berufliche Erfolg, der ihr viel bedeutete. Sie hatte großen Erfolg. Dieses Stipendium hätte sie gar nicht nötig gehabt, man habe es ihr geradezu aufgedrängt, wie sie mir erzählte. Das Kuratorium wollte sich mit ihrem Namen schmükken, wahrscheinlich.

Sie wollte mit mir eine Ausstellung machen, sagte ich kleinlaut.

Nico zuckte mit den Schultern. Kann sein ja, kann sein nein. Sie war, er korrigierte sich, *ist* der mutigste, der tapferste Mensch, den ich kenne. Sie hatte nur eine Angst, die Angst davor, ihre Schönheit zu verlieren. Das war für sie gleichbedeutend mit dem Verlust ihrer Macht über andere Menschen. Sie glaubte auch, die Qualität ihrer Aufnahmen würde abnehmen, wenn sie alt und häßlich geworden war, denn Alter war für sie immer mit Häßlichkeit verbunden.

Mir war der Wein zu Kopf gestiegen, ich fühlte, daß ich gehen mußte. Was sollen wir nun tun?

Ich werde die Polizei verständigen, sagte er.

Also fürchten Sie doch, daß ihr etwas passiert sein könnte?

Nein, ich möchte sie nur wiedersehen.

Offenbar glaubte er, die Polizei könnte sie herbeischaffen. Er gab mir seine Visitenkarte, die ich freilich schon hatte. Wenn du etwas in Erfahrung bringst, bitte, ruf mich an.

Selbstverständlich, sagte ich, das erwarte ich auch von Ihnen.

Arrivederci, rief er mir über die Treppe nach, und ich dachte, daß ich eigentlich noch vieles zu fragen gehabt hätte. Auch daß ich vergessen hatte, ihm von meinen Bildern zu erzählen.

7

Es war inzwischen dunkel geworden und Rom war zu neuem Leben erwacht. Ich fühlte mich nicht wohl, als Frau allein unterwegs zu sein, ich begegnete ausschließlich Pärchen und Gruppen. Nur Penner und Bettler schlichen einzeln am Straßenrand entlang und streckten den Passanten ihre Hände oder Hüte entgegen. Es wäre schön, hier Hand in Hand zu gehen, oder ohne Berührung, nur neben- und miteinander. Immerhin entdeckte ich allein mehr, sah schärfer, wurde durch kein Gespräch abgelenkt. Ich verließ Trastevere über den Ponte Sisto, schaute lange in den Tiber, in dessen schwarzem Wasser Lichter züngelten. Am Ufer promenierten Menschen, die ich mir nur als glücklich denken konnte. Ich hatte einen Blick auf den Ponte Mazzini, auf den Ponte Vittorio Emanuele, auf die Engelsbrücke und die beleuchtete Engelsburg. Es war mir, als nähme ich Abschied. Irgendwann riß ich mich von dem Anblick los, schlenderte durch die Via di Pettinari, bog in die Via di Giubbonari ein und stand auf dem Campo dei Fiori, der jetzt mit Stühlen und Tischen vollgestellt war, an denen Menschen dicht gedrängt bei Kerzenlicht tranken und aßen und sich unterhielten, unter den Augen der Statue des

Giordano Bruno. Ich hielt mich nicht auf, sondern überquerte den Corso Vittorio Emanuele, für einen Nichtitaliener eine Mutprobe. Wie jemand die Straßen überquert, daran erkennt man in Rom den Touristen. Dann über die Piazza Navona mit ihren Straßenmusikanten, den Pantomimen, den Händlern, den Wahrsagerinnen.

Als ich durch die Tor Millina auf das Atelier zuging, sah ich Licht im Fenster des Schriftstellers. Es stellte sich heraus, daß er mich erwartet hatte, denn als ich die Tür öffnete, kam er mir aus seiner Kammer entgegen.

Gott sei Dank, daß du da bist.

Es hatte sich in den wenigen Wochen eine seltsame Vertrautheit eingestellt, wie sie sich wohl auch bei Schiffbrüchigen ergibt, die sich auf einer einsamen Insel wiederfinden.

Ich brauche jetzt einen Grappa, sagte ich.

Amadeus holte eine Flasche aus dem Küchenschrank, brachte Gläser und schenkte ein. Erzähl schon.

Inzwischen kam mir mein Besuch bei Nico Voglio unwirklich vor, das Gehörte war absurd. Wo soll ich anfangen? So hatte auch Voglio begonnen. Eigentlich wollte ich nichts erzählen, wollte nichts mehr von der verschwundenen Fotografin wissen, wollte, daß sie mich nichts mehr anging. Doch ich sah Amadeus' gespannten Gesichtsausdruck, also begann ich, unwillig. Das habe ich erfahren, daß Alma wie eine Katze ist, unstet, daß sie als Halbwüchsige vergewaltigt worden ist, daß sie sich an ihrem Vergewaltiger gerächt haben soll und keine Lust mehr auf Männer hat. Außerdem ist sie mit einem verrückten Grafen verheiratet.

Amadeus schaute mich leicht gekränkt an. Bitte, keine Scherze.

Ich scherze nicht, sagte ich, trank meinen Grappa und erzählte ihm nun alles ausführlicher, polsterte die Stichwörter mit Milieuschilderungen aus.

Das ist ja ein Ding. Dieser Voglio will also zur Polizei gehen?

Ja, so sagte er.

Ich weiß nicht recht, sollen wir ihm glauben?

Ach, sagte ich, weißt du, mich interessiert die ganze Sache nicht mehr. Für mich ist Alma inzwischen … vielleicht haben wir sie nur geträumt.

Und nun ist der Traum zu Ende? Oder der Traum zum Alptraum geworden? sinnierte Amadeus, den Kopf in seine Hände gestützt. Plötzlich fuhr er auf, ich hab's, ich hab's, sprang auf, schrie, ich hab's! Packte mich an den Schultern, zog mich vom Stuhl hoch, wirbelte mich herum.

Bist du verrückt geworden? fragte ich lachend, ein wenig außer Atem geraten.

Kann sein, entschuldige, ich muß an den Schreibtisch, ich weiß jetzt, wo mein Verschwundener geblieben ist. Und schon lief er den Flur entlang, daß seine dünnen Haare wehten, und verschwand in seiner Kammer.

Ich ging ins Atelier. Prüfte jedes Bild, das ich hier gemalt hatte. Stellte einen Spiegel davor und betrachtete sie noch einmal im Spiegel. Ein Spiegel verriet mir immer die Schwachstellen in meinen Arbeiten. Auch ich hätte tanzen mögen, sie waren gut. Die Bilder, die ich aus der Vorstellung von Nico Voglios Gesicht gemalt hatte, waren schrecklich, aber gut. Ich gab ihnen den Titel *Faun 1* bis *Faun 6*.

Es klopfte, Amadeus schon wieder. Entschuldige, ich habe vergessen, dir zu sagen, deine Schwester hat vor zwei oder drei Stunden angerufen.

Hat sie etwas gesagt? Hat sie gesagt, daß ich sie zurückrufen soll?

Nein, sie läßt dich grüßen.

Sonst nichts?

Nein.

Ist gut, sagte ich, obwohl es gar nicht gut war. Oder doch, denn wenn Mutter gestorben wäre, hätte sie einen Rückruf erbeten, hätte sie eine Nachricht hinterlassen. Oder wenn eine gravierende Verschlechterung in ihrem Zustand eingetreten wäre. Ich hatte seit längerem nichts mehr von ihr gehört, jedenfalls kam es mir so vor. Auch Lisa war unwirklich geworden, wie meine todkranke Mutter. Ich mußte sie wohl zurückrufen, mir ein Telefon suchen, das funktionierte, wo nicht der Hörer fehlte oder die Kabel herausgerissen waren.

Dieses Mal entdeckte ich ein intaktes Telefon auf dem Corso di Rinascimento in unmittelbarer

Nähe des Palazzo Madama, der wie immer von schöngewachsenen Carabinieri bewacht wurde. Ich warf Münzen ein und wählte, verwählte mich, wählte nochmals, schließlich klingelte es am anderen Ende der Leitung, es meldete sich nur der Anrufbeantworter. Ich hinterließ meine Nachricht. Legte auf, fühlte mich, als wäre mir noch eine Galgenfrist gewährt worden.

Anderntags erschien Herr Magister Maderthaner vom Kuratorium, pünktlich, wie angekündigt, er besichtigte meine Bilder, sie gefielen ihm, sie gefielen ihm sogar sehr. Er fand, Rom sei meiner Malkunst sehr förderlich gewesen, ich hätte Fortschritte gemacht, etwas ganz Neues sei in meinen Bildern zu entdecken. Dann besprachen wir die Ausstellung, die in den Räumen der Stiftung aufgebaut werden sollte. Da er auch für die Fotografin zuständig war, erkundigte er sich nach ihr, fragte nach Lilo Novak. Ich verstand nicht. Die Stipendiatin, die Fotografin? Ich schüttelte den Kopf. Solange ich hier sei, habe hier nie eine gewohnt. Für kurze Zeit sei eine Fotografin namens Alma Holzbauer hier gewesen, sie sei aber nach wenigen Tagen sang- und klanglos verschwunden. Wir, der Schriftsteller und ich, hätten uns schon Sorgen um sie gemacht. Herr Maderthaner schüttelte den Kopf, Alma war ihm unbekannt, das Stipendium habe Lilo Novak aus Wien erhalten, die war bei uns aber nie erschienen. Er wollte das Appartement sehen. Es war leer, nur ein paar Kleidungsstücke hingen in einem Schrank, Kleider, die, wie ich jetzt feststellte, keinesfalls Alma gehört haben konnten, sie hätten ihr der Größe nach nicht gepaßt. Herr Maderthaner verabschiedete sich, beglückwünschte mich zu meinen Arbeiten und kündigte an, daß er der Sache nachgehen werde.

Der Kurator ließ mich beglückt, aber auch verwirrt zurück. Ich mußte mit jemandem darüber sprechen, Nico Voglio anrufen? Da kam Amadeus zur Tür herein, aufgeregt, er schwenkte eine Zeitung, rief, ermordet! Das muß sie sein, Alma ist ermordet worden. Er schlug den *Osservatore Romano* auf. Ausgerechnet, dachte ich. Hier steht, sagte er, im Tiber sei eine nackte Frauenleiche ohne Kopf gefunden worden. Nach dem Kopf werde gesucht. Das Alter der Ermordeten wurde mit 30 bis 40 Jahren angegeben. Alma, sagte er, das könnte Alma sein. Ich habe es immer befürchtet, daß sie ermordet worden ist, von einem eifersüchtigen Liebhaber. Vielleicht sogar von diesem Scheusal, dem Nico Voglio, weil er sie nicht bekommen hat. Das Gesicht des Schriftstellers hatte vor Aufregung rote Flecken. Und ohne Kopf!

Amadeus, sagte ich, das ist mir alles zu knallig.

Ruf ihn doch an, deinen Bestsellerautor, was er zu der Leiche zu sagen hat. Amadeus ließ nicht locker.

Ja, ich hatte das ohnehin vor, aber aus einem anderen Grund. Wir standen noch im Flur, ich sagte, komm, gehen wir in die Küche, setzen wir uns, trinken wir einen Grappa. Dann erzähle ich dir etwas, aber keine Phantastereien. Also informierte ich ihn darüber, daß Alma Holzbauer bei uns sozusagen nur als U-Boot gewohnt hatte.

Das ist ja ein Ding, sagte er. Aber das sei kein Widerspruch zu seinem Verdacht. Die Leiche aus dem Tiber sei Alma, das behauptete er seltsam vergnügt.

Ich hatte Angst vor dem Anruf meiner Schwester, deshalb drängte es mich hinaus. Ich ging die paar Schritte zur Chiesa della Pace, erfreute mich an den Fresken des Chiostro Bramante; auf der Galerie hing eine große Fotoausstellung mit Porträts der Ehefrauen bekannter italienischer Politiker, von Pertini und Andreotti bis Berlusconi und Prodi. Neben den Bildern hingen kleine Tafeln mit Statements der Politikerfrauen. Berlusconis Ehefrau, das Gesicht ein Produkt der Schönheitschirurgen, behauptete, sich lediglich um ihre Familie zu kümmern, von Politik verstehe sie nichts. Diesem puppenhaften Gesicht glaubte man auch die Familie nicht, denn es war keine Spur von Leben darin. Es schien, daß der Fotograf diese Ausdruckslosigkeit mit seiner Aufnahmetechnik bewußt verstärkt hatte. Ich suchte den Namen des Fotografen, fand den Namen in der rechten unteren Ecke. Es war eine Fotografin, es war Alma. Ich war überrascht, aber es wunderte mich nicht. Nichts, was mit Alma zusammenhing, konnte mich noch in Erstaunen versetzen. Ich erinnerte mich, daß sie mir gleich bei unserer ersten Begegnung erzählt hatte, daß sie sich eine Zeitlang auf Porträts spezialisiert hatte. Mich hatte sie auch fotografieren wollen, dazu würde es jetzt nicht mehr kommen. Und vielleicht war ich darüber froh. Wenn sie sogar in einem landläufig schönen Gesicht schon so viel untergründige Verzweiflung sichtbar machen konnte. Nach dieser Entdeckung wollte ich mir noch einmal die Ausstellung bei Umberto Tossi anschauen, wollte vor allem den Akt, in dem wir Alma zu erkennen glaubten, noch einmal betrachten. Ich machte mich sofort auf den Weg, freute mich an dem Licht, das die jungen Römerinnen mit ihrem stolzen Gang noch schöner aussehen ließ und selbst einfachen Bankangestellten oder Kellnern in ihren weißen Hemden und tadellos gebügelten Leinenhosen ein aristokratisches Auftreten verlieh. Das römische Licht war eine große Täuscherin, es verstärkte das Schöne und betonte das Häßliche.

In der Galerie war ich allein, ungestört. Im Hintergrund saß bei Lampenschein über ein Tischchen gebeugt der Galerist. Er blickte nur rasch auf, nickte kurz, erkannte mich offenbar nicht wieder. Ich stellte fest, daß nicht wenige Bilder reserviert waren, auch das Bild, auf dem wir Alma zu erkennen glaubten, von Umberto Tossi selbst, wie ich wusste. Galerist und Künstler konnten zufrieden sein.

War es das andere Licht, die andere Tageszeit mit ihrem Mittagslicht, daß es schien, die Ähnlichkeit mit Alma wäre verschwunden? Oder war es, weil ich aufgehört hatte, auf sie zu warten, weil sie mir nicht mehr fehlte, weil ich mich von ihr verabschiedet hatte, in ihr nur noch eine nicht unwichtige Episode meines hiesigen Aufenthalts sah, beinahe eine Kuriosität? Ich verstand nicht, wie ich und auch der Galerist, wie Nico Voglio und Amadeus so verblendet hatten sein können, in dem Bild Alma zu sehen. Ich war begierig, Amadeus meine Entdeckung mitzuteilen und ihn zu bitten, das Bild selbst noch einmal zu prüfen. Er sollte mir unsere Täuschung bestätigen.

Ich war sicher, daß ich ihn dazu nicht überreden musste. Ich erwartete, ihn in der Küche zu finden, bei einer Schale Cappuccino, den er mehrmals täglich zu trinken pflegte. Der hebe seine Stimmung, behauptete er, aber in der Küche war er nicht. Ich klopfte an seiner Tür, zunächst war nichts zu hören, dann öffnete er sie selbst. Ich erschrak bei seinem Anblick. Sein Gesicht war kreidebleich, eine innere Erschütterung, die sich auf seinen Zügen abzeichnete, es beinahe verschönte. Einen Augenblick durchfuhr mich der Gedanke, die kopflose Tiberleiche sei als Alma identifiziert worden und er habe davon erfahren, doch dann sah ich, daß er einen Brief in Händen hielt, in seiner geballten Faust. Komm herein, sagte er tonlos. Ich betrat sein Zimmer, in dem ein unsagbares Durcheinander herrschte, Papier, Bücher, Kleidungsstücke lagen verstreut auf dem Bett, auf dem Fußboden. Er wischte über die Sitzfläche eines Stuhls, Zeitschriften flogen zu

Boden, er deutete auf den frei gemachten Platz, ich solle mich setzen. Ich setzte mich. Er blieb vor mir mit hängenden Schultern stehen, fuchtelte mit dem Brief herum, sie hat mich verlassen. Sie kommt nicht mehr zurück, schreibt sie, es ist aus mit uns. Er sank auf seinem Stuhl zusammen. Das geht doch nicht, das kann man doch nicht einfach so machen, einfach einen Strich, auf nach Sylt und dann weg, weg für immer? Und das Kind? Ich bin doch der Vater. Er stützte seinen Kopf in beide Hände und ächzte. Ich war versucht, ihm über sein schütteres Haar zu streichen. Ich sah meinen Vater vor mir, wie er die Entscheidung meiner Mutter, ihn zu verlassen, ähnlich fassungslos und erschüttert aufgenommen hatte. Ich schwieg. Sie hat jemanden kennengelernt, die große Liebe.

Auf Sylt? fragte ich.

Er zuckte mit den Schultern, dann schüttelte er den Kopf. Den hat sie wohl schon länger.

Nichts bemerkt? fragte ich.

Nein, ich mußte eine Arbeit zu Ende bringen, ich hatte einen Abgabetermin, da war ich in einer anderen Welt, monatelang, nahm sie und das Kind gar nicht wahr. Da muß es passiert sein, sie schreibt, sie sei zu der Überzeugung gelangt, daß ich sie gar nicht brauche, daß ich sie ja gar nicht mehr gesehen habe, daß mir meine Romanfiguren nähergestanden seien.

Amadeus' Verzweiflung rührte mich, dennoch tat er mir nicht leid. Seine Larmoyanz ließ mich auf Distanz gehen. Die Banalität eines Verlassenen. *Così fan tutte.* Nicht einmal ein Romanstoff, würde meine Mutter sagen, zu trivial, zu alltäglich.

Vielleicht hat sie ja recht, sagte ich.

Womit?

Daß du sie nicht brauchst.

Natürlich brauche ich sie. Seine Stimme klang weinerlich. Sie hat mir zugehört, niemand konnte so gut zuhören wie sie. Sie war wie mein Resonanzboden. Erst wenn ich ihr etwas vorlas, spürte ich, ob der Text eine Wahrhaftigkeit hatte.

Das nenne ich nicht brauchen, sondern *ge*brauchen.

Er schüttelte den Kopf und schwieg. Dieser verdammte Beruf, schrie er und schlug mit der Faust auf den Tisch. Nach einer Weile ging ich, ich glaube, er hatte mich vergessen.

Wohin jetzt mit mir? Ich hatte gelesen, daß der ruhigste Platz Roms der Cimitero Acattolico sein soll, der Friedhof, in dem alle Nicht-Katholiken ihre letzte Ruhestätte gefunden haben. Ich nahm einen Bus, der wie alle Busse in Rom immer überfüllt war, zuckelte die Viale Aventin entlang und stieg an der Pyramide des Cajus Cestius aus. Auch hier tobte der Verkehr und ich konnte mir nicht vorstellen, daß der Friedhof von diesem Lärm ausgespart sein könnte. Ich ging die altertümliche Stadtmauer entlang, zwischen deren Zinnen und Türmen die Cestius-Pyramide steht, irrte eine Weile herum, schleppte mich in der Hitze die Aurelianische Stadtmauer entlang, das war offenbar die falsche Richtung. Es gab keine Spaziergänger hier, die ich hätte fragen können, ich kehrte um. Irgendwann kam mir ein alter Mann entgegen, ihn fragte ich, er wies mir die Richtung. Endlich fand ich den Eingang doch, den Haupteingang, die Nebeneingänge, an denen ich vorüberkam, waren verschlossen. »Resurrecturis«, *denen, die auferstehen werden*, steht über dem Tor zum Friedhof. In Rom muß man glauben, hatte Alma gesagt. Rechts am Ende der Zypressenallee stand eine schlichte Kapelle, sie wurde 1898 erbaut, las ich. Der Friedhof war in Zonen eingeteilt, ich betrat ihn durch die äußerste Zone, die *zona terza*, strebte jedoch zur *parte antica*, dem ältesten Teil an der Cestius-Pyramide, die 16 v. Chr. vom Praetor Cestius Epulo in 330 Tagen erbaut worden sein soll (natürlich nicht von ihm selbst), suchte zuerst das Grabmal von Keats, der im September 1820 als Schwindsüchtiger nach Rom gekommen war. Im Winter desselben Jahres, als er spürte, daß er nicht mehr lange zu leben hatte, soll er seinen Freund Severn gebeten haben, nach einer geeigneten Grabstätte zu suchen. Als Severn zurückkam und berichtete, daß weiße und blaue Veilchen, Gänseblümchen und Anemonen wild auf den Gräbern blühten, da soll Keats gejubelt haben, er fühle schon die Blumen über sich wachsen. Diese Anekdote war im Führer durch den Protestantischen Friedhof zu lesen, man mochte sie gern für wahr halten. Tatsächlich starb Keats vier Monate später, kein Name auf seiner Grabstele, nur der Satz, daß dieses Grab alles enthält, was sterblich war von einem jungen englischen Poeten, der an seinem Totenbett in der Bitternis seines Herzens beschloß, daß diese Worte auf seinem Grabstein eingraviert werden sollen: *Here lies One Whose Name was writ in Water.* Sein Name steht immerhin auf der Grabplatte seines Freundes Severn, der an seiner Seite liegt, als *ergebener Freund und Grabgenosse von John Keats, der unsterbliche Poet Englands*. An der Stadtmauer über Shelleys Grab liegt eine einfache Grabplatte mit dem Namen des Dichters und den Worten *Cor cordium,* Herz der Herzen; darunter drei Zeilen aus dem Gesang des Ariel aus Shakespeares »Der Sturm«. *Nichts an ihm, das soll verfallen, / Das nicht wandelt Meeres-Hut / In ein reich und seltnes Gut.* Ich setzte mich auf eine steinerne Bank. Sann den Freundschaften nach, die sich über den Tod hinaus in der Lage der Gräber manifestierten. Eine große Ruhe umgab mich. Inmitten von Pinien und Zypressen, den Blüten und dem Duft von Gardenien und Kamelien. Ich brauchte nur zu schauen, die Farben auf mich wirken zu lassen, die Stimmung in mir in Farbe zu verwandeln. Goethe wollte hier begraben sein. Wenn schon nicht er selbst, so fand doch wenigstens sein Sohn hier seine letzte Ruhestätte. Keinen eigenen Namen hatte ihm der Vater gegönnt, er war nur Sohn, der Sohn, der dem Vater vorausgeeilt war. Zwischen den Gräbern regte es sich, unzählige Katzen auch hier, die lautlos und geschmeidig herumstrichen. Oder unbeweglich zwischen den Gräbern und unter den Büschen hingestreckt lagen. In Rom zu sterben und hier begraben zu sein, beinahe war auch ich versucht, mir das zu wünschen, aber in Rom zu leben fand ich doch noch schöner. Meine Mutter, würde sie sich wünschen, hier begraben zu sein? Neben Malvida von Meysenburg etwa? Allerdings wurde hier niemand mehr begraben. Außerdem war neben der Schriftstellerin kein Platz mehr frei, sie lag ja nicht in der *parte antica*, in diesem stillen Park, in der zwischen den Gräbern Platz gelassen war. Ich stellte mir vor, daß sich die Toten mitternächtlich Stelldicheins gäben. Könnten sich die Verstorbenen aus der *parte antica* noch mit denen aus der *zona terza* verständlich machen, mit wem unterhielte sich Gramsci? Und mit wem Humboldts Kinder? Oder Goethes Sohn? Oder die schöne Lady Temple? Wir Lebenden können es offenbar nicht ertragen, daß die Toten tot sind und keine Unterhaltung mehr möglich ist, weder mit uns noch unter ihresgleichen. Es war schön, vielleicht erhebend, vielleicht sentimental, sich vor dem Grab Shelleys zum Beispiel seine Biographie zu vergegenwärtigen, seinen tragischen Tod, sein Ertrinken, seinen Kampf in den Wellen, seine Jugend, und sich vorzustellen, wieviel er in seiner Kunst noch zu leisten imstande gewesen wäre, wieviel uns durch seinen frühen Tod genommen worden ist. Oder doch nicht? Vielleicht war er schon am Ende, seine Begabung am Erlöschen, und deshalb der grausame Schlußpunkt? Meine

Mutter hatte in ihrem letzten Telefongespräch zu mir gesagt, sie wolle nun mit dem Schreiben pausieren, sie habe zwar noch viel vor, sie sprach von einer Trilogie, einer Familiengeschichte, aber zuerst müsse sich in ihr wieder ein Reservoir füllen, ihr Wörter- und Geschichtenreservoir, das sei geleert. Sie wolle nun Reisen machen, ganz sicher auch eine Kur, sie denke an Abano, ob ich sie dorthin begleiten wolle, im nächsten Jahr, im Frühling, sie lade mich ein. Ich hatte abgelehnt, ich hatte Angst, zwei Wochen mit ihr allein zu sein, fürchtete ihre Nähe. In einem Badeort, wo wir aufeinander angewiesen wären, gemeinsam unsere Mahlzeiten einnähmen, womöglich im gleichen Zimmer schlafen würden, der Intimität unserer Schlafgeräusche ausgesetzt, das meinte sie wohl, als sie sagte, ein Doppelzimmer sei im Verhältnis preiswerter und geräumiger als ein Einzelzimmer. Sie hasse die Enge der Einzelzimmer. Sie habe das Gefühl, sagte sie, und das Bedürfnis, wir müßten einander wieder neu kennenlernen, als zwei Erwachsene kennenlernen. Sie hatte gelacht, war sogar etwas verlegen geworden. Ich meine, sagte sie, eigentlich sehe ich in dir immer noch das junge Mädchen, als das du weggingst, um zu studieren, und jetzt bist du längst eine junge Frau, als Frau, meine ich, habe ich dich noch gar nicht wahrgenommen. Ich war erschrokken, ich erinnerte mich jetzt, daß ich einen großen Schrecken empfunden hatte vor ihrem plötzlichen Interesse, eine instinktive Abwehr. Und ich war enttäuscht gewesen, daß sie in mir nur die Frau kennenlernen wollte, nicht die Künstlerin. Nein, ich hatte nicht abgelehnt, ich hatte es nicht gewagt, abzulehnen, ich hatte herumgestottert, schließlich gesagt, ich wolle es mir noch überlegen, ich sei sehr beschäftigt, hätte Termine. Aber warte nicht zu lange, ich möchte rechtzeitig buchen, damit wir noch ein schön gelegenes Zimmer bekommen, ostseitig mit Balkon, damit wir die Sonne aufgehen sehen. Da klang ihre Stimme aber schon wieder sachlich, vielleicht sogar kühl. Sie hatte verstanden und war auch nicht mehr darauf zurückgekommen. Das fiel mir jetzt ein, ich hatte es vergessen. Daß ich eine Chance verpaßt hatte, unwiederbringlich, das konnte ich mir jetzt noch nicht eingestehen. Es wäre ein Fiasko geworden.

Im Vorraum der Atelier-Wohnung stand ein Koffer. Wider alle Vernunft dachte ich, daß Alma zurückgekehrt war. Ich schaute in den Korridor, die Tür zur Fotografenwohnung stand offen. Ich lief den Gang entlang, da kam mir eine junge Frau entgegen, etwa in meinem Alter.

Ich bin Lilo, sagte sie, ich bin die Stipendiatin.

Ich nannte meinen Namen, faßte mich. Herr Maderthaner hat mir Ihr Kommen schon angekündigt, sagte ich und versuchte meinen Atem zu beruhigen. Ich habe für einen Moment geglaubt, Alma sei zurückgekommen. Ich versuchte ein Lachen.

Ach so, natürlich. Hat sie sich denn nicht verabschiedet? fragte Lilo und antwortete gleich selbst, das sieht ihr ähnlich.

Lilo war größer als ich und das, was man gemeinhin stattlich nennt. Die Kleider in den Schränken hätten ihr passen können. Auch das geblümte Nachthemd, das ich entwendet hatte, hatte vielleicht ihr gehört.

Ich glaube, ich bin Ihnen eine Erklärung schuldig, sagte sie.

Wir setzten uns an den Küchentisch. Espresso? fragte ich.

Sie nickte. Ich kenne Alma schon lange, wir haben zusammen die Akademie in Berlin besucht, haben anfangs auch einige Projekte zusammen gemacht. In letzter Zeit allerdings nicht mehr, wir sind beide draufgekommen, daß es besser ist, jeder arbeitet für sich allein. Ich habe das Rom-Stipendium zugesprochen bekommen, konnte es aber nicht pünktlich antreten, weil mein Sohn plötzlich am Blinddarm operiert werden mußte. Als Alma sagte, sie habe einen Auftrag in Palermo und würde vorher noch gerne in Rom fotografieren, sie brauche dafür nur ein paar Tage, da habe ich ihr den Vorschlag gemacht, mein Appartement zu beziehen. Sie hat begeistert angenommen. Sie hatte mir gelegentlich von einer Skulptur erzählt, ich glaube der hl. Cäcilia, die sie offenbar faszinierte. Daraus muß ich etwas machen, hatte sie immer wieder gesagt. Sie erklärte sich auch bereit, einen Teil meines Gepäcks im Auto mitzunehmen, auch meine Fachkamera und einige Kleider, das war mir ganz recht. Leider gab es Komplikationen bei der Operation und ich mußte länger bei meinem Sohn bleiben, als ich vorhatte. Inzwischen geht es ihm wieder gut.

Ich schwieg. Schade, sagte ich, daß sie uns darüber nicht informiert hat. Wir, der Schriftsteller und ich, wir waren der Meinung, sie würde zwei Monate mit uns hier verbringen. Wir waren nicht wenig beunruhigt, als sie plötzlich verschwunden war.

Das hätte ich mir denken können, sagte Lilo, das ist ihre Art.

Sind Sie mit ihr in Verbindung, wissen Sie, ob sie in Palermo angekommen ist? Ich dachte an die kopflose Leiche aus dem Tiber.

Ja, ich habe gestern ein SMS bekommen. Da ich Lilo fragend anschaute, sprach sie weiter, ja, sie hat sich bedankt, daß ich ihr mein Appartement für die paar Tage abgetreten habe.

Sonst nichts?

Lilo schaute mich erstaunt an. Nein, mehr gab es ja auch nicht zu sagen.

Das schmerzte nun doch, nicht einmal Grüße. Sie hatte uns längst vergessen.

Ich habe die Matratze ins andere Zimmer geschleppt, sagte Lilo, ich brauche Luft, hier ist es mir zum Schlafen zu stickig. Sie hatte dazu offenbar keine Hilfe benötigt.

Ich zog mich zurück, mußte allein sein. In mir

tobten Wut und Enttäuschung. Ich erinnerte mich an meine Mutter, die einmal erklärt hatte, alles, was sie empfinde, jedes Gefühl, notiere sie in ihrem Gedächtnis, um es später einer Figur unterzuschieben. Meine Gefühle sind mein Material, hatte sie gesagt.

8

Beim Frühstück saßen wir zu dritt um den Tisch. Lilos Anwesenheit wirkte beruhigend, es war, als würde endlich Alltag in unserem Appartement einziehen und Ordnung. Keine Irritationen mehr, alles würde gut werden. Die große, breite Gestalt der Fotografin, die sich so sehr von der Almas unterschied, ihre kurzgeschnittenen Haare, das ungeschminkte Gesicht, bot in ihrer Durchschnittlichkeit keinerlei Anlass für Aufregung oder Neugierde. Ich stellte bei mir fest, daß sie mich nicht interessierte. Als sie uns erzählte, daß die Vorstädte Roms sie fesselten, die heruntergekommenen Arbeiterviertel, in denen noch der Geist Pasolinis zu spüren war, konnte ich mich dazu nicht äußern. Ich hatte mich damit noch nicht beschäftigt und für den morbiden Charme der Armut war ich noch nie anfällig. Aber Lilo wollte dorthin gehen, wo Rom nicht mehr antik und auch noch nicht touristisch war. Sie wollte in die *Borgate*, das sind kleine Ortschaften, erklärte sie uns, als wir sie fragend anschauten, die in den dreißiger Jahren des vorigen Jahrhunderts von den Faschisten angelegt worden waren, um die neue Arbeiterklasse zu beherbergen. Auch in Alessandrino und in Tor Bella Monaco wollte sie Aufnahmen machen. Amadeus hörte ihr aufmerksam zu, wußte aber ebenfalls nichts zu sagen. Lilo sagte, daß sie vielleicht auch einen Freund Almas aufsuchen werde, Nico Voglio. Seine Adresse habe sie von Alma, sie zog einen Zettel hervor.

Den kenne ich, sagte ich, der deutsche Bestsellerautor, der sich italienisiert hat.

Ja, rief Lilo, genau der, Almas Cousin. Sie meinte, er würde mich interessieren.

Ihr Cousin? fragte ich perplex.

Ja, ihr einziger Cousin. Sie hat keine Geschwister. Sie ist als Einzelkind aufgewachsen, ihr Vater hat sie vergöttert. Voglio ist der Sohn einer Tante, die längst gestorben ist, der Schwester ihres Vaters.

Davon hat sie mir nichts erzählt, bemerkte ich und spürte eine leise Kränkung.

Amadeus merkte auf, als er den Namen hörte. Das ist doch der, sagte er, der aus der Galerie, der Bestsellerautor. Ein unangenehmer Typ. Und der soll mit Alma verwandt sein?

Ja, pflichtete ich bei, ist tatsächlich schwer zu glauben.

Das macht mich neugierig, sagte Lilo, aber diese Woche habe ich noch andere Dinge zu tun. Ich muß die verlorene Zeit einholen. Herr Maderthaner wird schon ungeduldig. Mit diesen Worten stand sie vom Tisch auf. Sie spülte die Tassen, sagte Ciao und war verschwunden.

Die hat ja gar keine Ausstrahlung, sagte Amadeus enttäuscht, kalt und unkommunikativ. Aber tough.

Sie hat zu tun. Von uns werden Ergebnisse verlangt, das scheint bei den Schriftstellern nicht der Fall zu sein, sagte ich.

Die nehmen das locker in Stuttgart, irgendwann innerhalb eines halben Jahres erwarten die einen Bericht, sagte er, das krieg ich auf jeden Fall hin.

Ich erhob mich, mir war ein Gedanke gekommen. Ich muß telefonieren, bis später.

Das heißt aber nicht, daß ich hier nichts arbeite, rief er mir nach.

Ich suchte Nico Voglios rotes Kärtchen, steckte es ein und lief zu der Telefonzelle auf der Piazza Rotonda. Nico freute sich über meinen Anruf. Jederzeit, rief er, jederzeit, du bist jederzeit willkommen. Wir vereinbarten ein Treffen für den Abend, acht Uhr. Dann rief ich meine Schwester an, wieder meldete sich nur der Anrufbeantworter. Ich hinterließ eine Nachricht. Ich spürte eine leise Beunruhigung, die ich aber rasch verdrängte. Ich musste mich auf das Treffen mit Nico Voglio vorbereiten. Was wollte ich von ihm?

Ich ging zu Fuß nach Trastevere, ließ in den engen Gassen die Vespas mit ihrem Lärm und Gestank an mir vorbeirasen, überquerte den Ponte Sisto, blieb stehen, lehnte mich über die steinerne Brüstung, schaute auf den Tiber hinunter, dessen schlammig-smaragdenes Wasser kaum eine Strömung aufwies. Es roch faulig und nach Fischen. Ich war angespannt. Worauf hatte ich mich eingelassen? Was ging mich dieser Nico Voglio an? Ich wollte es mir nicht eingestehen, aber es war offensichtlich, daß er der einzige Mensch war, der mich noch mit Alma verband. Oder sollte ich sagen *fesselte*? Ich wollte mich befreien.

Die Haushälterin öffnete mir, erkannte meine Stimme, führte mich nach oben. Das Schlurfen des schweren Mannes war zu hören, die Tür wurde geöffnet und Nico stand vor mir. Er breitete die Arme aus, zog mich an sich, küßte mich auf beide Wangen. Seine Augen waren hinter den dunklen Brillengläsern nicht zu sehen. Er führte mich an den Tisch, an dem ich nun zum dritten Mal sitzen, Wein trinken und Brot und Käse essen würde.

Wir setzten uns. Er schwieg, schaute mich aufmerksam an. Ich wartete auf eine Frage nach Alma, doch er hörte nicht auf, mich anzustarren. Schließlich ertrug ich sein Schweigen und seinen Blick nicht mehr, ich platzte heraus: Sie ist in Palermo.

Ha, schrie er, schlug mit der Faust auf den Tisch und begann zu lachen. Ich konnte nicht unterscheiden, ob er aus Erleichterung oder Enttäuschung lachte.

Wir hätten uns keine Sorgen zu machen brauchen, sagte ich, irritiert von seinem brüllenden Gelächter.

Sorgen, schrie er, um Alma braucht man sich keine Sorgen zu machen, nie. Er wurde ernst, nie, merk dir das. Es sind immer die, die sie zurückläßt, um die man sich kümmern muß. Wir müssen uns um uns Sorgen machen, wir, die sie zurückgelassen hat, ohne sich zu verabschieden, einfach liegengelassen wie einen Lappen.

Ich beobachtete ihn. Es störte mich, daß ich seine Augen nicht sehen konnte. Seine Mundwinkel hatten sich häßlich nach unten gezogen.

Ich dachte, daran seien Sie gewöhnt, sagte ich, das sei zu erwarten gewesen.

Daran gewöhne ich mich nie, sagte er leise.

Warum nehmen Sie Ihre Brille nicht ab?

Weil ich nicht gesehen werden will, verstehst du?

Nein, sagte ich, ich möchte Ihnen in die Augen sehen.

Du kannst mich duzen.

Das ist sehr freundlich, ich bleibe lieber beim Sie.

Er nahm die Brille ab, legte sie auf den Tisch neben sein Weinglas, schaute mich aus seinen verquollenen Augen an. Zufrieden?

Ich nickte.

Du wolltest mich sprechen, was hast du mir zu sagen? Er setzte seine Brille wieder auf, straffte sich, seine Stimme klang scharf.

Würden Sie mir eine Frage beantworten?

Kommt darauf an, sagte er.

Kommt *wo*rauf an?

Ob es sich lohnt, sie zu beantworten. Die meisten Fragen sind es nicht wert, sind eine Beleidigung für den Befragten, sagte er. Dann, nach einer Weile, er hatte sich Wein nachgeschenkt, na los!

Sind Sie mit Alma verwandt?

Er verzog seinen Mund zu einem müden Lächeln. Wie kommst du darauf?

Ich stelle hier die Fragen, sagte ich, vom Wein mutig und ungeduldig geworden.

Er nahm seine Brille ab, musterte mich, begann zu schnauben, als würde er mit Atemnot kämpfen, lachte dann kurz auf. Die Kleine stellt Fragen, sagte er, sieh mal an. Wie kommst du darauf?

Ja oder nein? fragte ich, ich fühlte mich stark. In seinen Augen glaubte ich ein ängstliches Flackern gesehen zu haben und seine Hand zitterte, als er mir Wein nachschenkte, sein Glas erhob: Cin cin!

Also? fragte ich.

Er trank. Ja, sagte er, und?

Also sind Sie der, ich wollte es mich aussprechen hören, der Alma vergewaltigt hat.

Ja, schrie er, ich, ich. Ich war der einzige Mann, der sie jemals besessen hat. Er war offensichtlich schon betrunken. Ja, ich habe die Kleine vergewaltigt. Was heißt *vergewaltigt*. Was für ein häßliches Wort. Sie hat mir Avancen gemacht, sie war es, die sich an mich geschmiegt hat, sie wollte etwas ausprobieren, mit mir, ihrem Cousin, diese Göre, die doch schon Frau genug war. Ich war für sie eine Art Test: Wie wirke ich auf Männer? Sie dachte, mit mir könnte sie das ungefährdet ausprobieren, so dachte sie, ja, so wird sie gedacht haben. Doch da hat sie sich getäuscht. Sie hat mich gereizt und ich habe darauf geantwortet. Ich bin es, der auf sie hereingefallen ist.

Seine Stimme hatte einen weinerlichen Klang bekommen, sein Selbstmitleid war mir widerwärtig. Ich verstehe nicht, stotterte ich. Er hatte mich durch das unvermittelte Geständnis aus dem Konzept gebracht, obwohl es mich letztlich nicht überraschte.

Was verstehst du nicht? Er beugte sich über den Tisch, auf seinen Lippen glänzte Speichel.

Daß sie immer noch zu Ihnen kommt, daß sie sich von Ihnen zur Begrüßung umarmen läßt, daß sie Sie fotografiert.

Du müßtest fragen, warum *ich* sie umarme, warum *ich* sie empfange, warum *ich* mich von ihr fotografieren lasse. *Mich* müßtest du fragen. Sie hat mich fertiggemacht, er stand auf, stellte sich vor mich hin und machte Anstalten, seine Hose zu öffnen.

Lassen Sie das, sagte ich scharf. Er setzte sich wieder, stützte seinen Kopf in beide Hände, seine Schultern zuckten. Er wird doch nicht, dachte ich, doch er schluchzte. Ich fühlte einen starken Widerwillen gegen den Mann und seine Larmoyanz. Er nahm die Hände von seinem Gesicht. Entschuldige. Er schneuzte sich und trank wieder.

Sie sollten aufhören zu trinken, sagte ich schulmeisternd. Sie sollten aufhören, sich zu bemitleiden.

Sie sollten aufhören zu trinken, äffte er mich nach,

du bist eine Gans, eine dumme Gans, du verstehst gar nichts. Aber ich werde dir die Augen öffnen, daß sie dir übergehen.

Ich wollte weg, ich meinte, die Augen seien mir schon weit genug geöffnet worden. Außerdem hatte ich vor dem Betrunkenen Angst bekommen.

Ich hatte mich halb von meinem Stuhl erhoben, als er schrie: Bleib, setz dich! Du hast mich etwas gefragt, also hör mir zu. Warum sie kommt, warum sie mich fotografiert, warum sie sich von mir umarmen läßt?

Ich nickte, er schwieg. Es war sehr still in dem großen Raum, im Fenster die Zweige der Pinien, die sich im Wind leise bewegten.

Weil sie nicht aufhören kann, ihren Triumph zu genießen. Sie liebt es, ihre Opfer zu besuchen. Ich bin nicht der einzige, ja, glaubst du, ich sei der einzige, den sie ruiniert hat? Freilich keinen so wie mich, mit den anderen hat sie es subtiler gemacht. Es sind nicht nur Männer, auch Frauen hat sie zerstört, und wenn sie ein Haustier hätte, dann würde auch der Hund oder die Katze oder der Papagei an ihr zugrunde gehen. Du hast Glück, daß sie plötzlich nach Palermo musste, bevor du ihr verfallen bist, sagte er und grinste, du warst schon auf dem besten Wege, du warst reif.

Was für ein hanebüchener Unsinn, sagte ich laut. Er wischte meinen Einwurf mit einer Handbewegung weg.

Sie kommt, um meinen Verfall zu dokumentieren. Sie fotografiert meine Verzweiflung. Ich sehe ihre Genugtuung, wenn sie die fortschreitende Zerstörung in meinem Gesicht lesen kann. Den Verfall meines Körpers, schrie er. Mein Körper bedeutet mir nichts mehr, ich wohne in einem fremden Gebäude aus Fleisch und Knochen, aber meinen Geist kann sie nicht zerstören. Das weiß sie, das ist die letzte Bastion, die sie nicht nehmen kann. Sie rennt dagegen an, ich spüre es. Ich lasse es geschehen, denn ich beobachte mich selbst. Wenn ich mich nicht selbst beobachten könnte, dann wäre ich heute auch dort, wo ihr Mann, der Conte, ist, bei den Nonnen, sabbernd und wahnsinnig. Auch ihn besucht sie immer wieder, um sich an seinem Unglück zu weiden. Aber davon bemerken die Nonnen nichts, sie sehen in ihr eine schöne unglückliche Frau mit einem verrückten Mann, dem sie die Treue hält. Sie merken nicht, wie sie ihn mit ihrem Erscheinen quält.

Woher wissen Sie das alles? fragte ich zweifelnd.

Weil sie es mir erzählt. Ich bin ihr Intimus, sie hat keine Geheimnisse vor mir. Es schien mir, daß in seiner Stimme etwas wie Stolz mitklang. Sie sagt, ich sei ihr engster, überhaupt ihr einziger Vertrauter.

Und das glauben Sie ihr? Nach allem, was Sie von ihr erzählen, muß sie ja ein Monster sein, eine Sadistin, eine Teufelin. Meine Stimme vibrierte vor Heftigkeit, er hob überrascht den Kopf. Grinsend schob er sich die Sonnenbrille wieder über die

Augen, die einen basiliskhaften Ausdruck bekommen hatten. Ich war froh, seinem Blick nicht mehr ausgesetzt zu sein.

Unsere Verbindung ist die engste, die sich denken läßt. Ja, wir sind geradezu aneinandergekettet durch unseren wechselseitigen Opferstatus. Wir sind Opfer und Täter zugleich. Das ist eine Konstellation, die Intimität erzeugt, die Intimität der Liebe und die Intimität des Hasses. Wenn sie kommt, erzähle ich ihr von meiner Arbeit. Sie verachtet meine Romane, mit denen ich meinen Lebensunterhalt verdiene, mit denen ich nicht zuletzt auch sie unterstütze. Alma hat einen aufwendigen Lebenswandel, sie liebt den Luxus, sparen, sich einschränken zu müssen, ist für sie eine narzißtische Kränkung. Auch der kurze Aufenthalt in eurem Appartement, in das sie eingezogen war, weil ihr für das *Hassler* das Geld fehlte, hat sie als eine persönliche Demütigung empfunden. Anscheinend ist sie nun wieder zu Geld gekommen, weil sie ohne Abschied auf und davon ist. Es gibt ja noch andere, die sie unterstützen, ich kenne sie nicht. Jetzt ist sie also in Palermo. Er verstummte, schien beunruhigt. Bist du sicher, daß sie in Palermo ist?

Sein Kopf sank langsam auf die Tischplatte. Ich stand auf, schob den Sessel leise zurück und ging auf Zehenspitzen zur Tür. Ich hatte Angst, er würde mich zurückhalten. An der Tür warf ich noch einen Blick auf den zusammengekrümmten Körper, da hob er seinen Kopf, blickte mich starr an, er rührte sich nicht. Ich wollte noch ein Wort des Abschieds sagen, aber er sah durch mich hindurch und ich huschte zur Tür hinaus. Die Haushälterin zeigte sich nicht, der Schlüssel der Haustür steckte im Schloß, ich sperrte auf und war draußen.

Wie im Traum ging ich durch die nächtlichen Straßen von Trastevere, ich nahm kaum etwas wahr, trotzdem stand ich plötzlich in der Via di Tor Millina, vor dem Haus, schloß das Tor auf, stieg die Treppen hinauf und war in der Wohnung, in der es still und dunkel war. Ich machte Licht, auch im Schriftstellerzimmer war es dunkel, also war Amadeus ausgeflogen. Ich hätte ihm gerne die Alma-Geschichte erzählt, die mir plötzlich unwahrscheinlich erschien, an die ich nicht mehr glauben wollte. Was, wenn Nico log? Wenn er verrückt war? Ich ging in mein Atelier, stellte alle meine Arbeiten, die ich hier in den wenigen Wochen geschaffen hatte, an die Wand. Mit den Zeichnungen bedeckte ich den Boden. Ich ging die Wand entlang, blieb vor jedem Bild stehen wie bei einer Vernissage, nein, aufmerksamer, wie bei einem Museumsbesuch. Die Porträts, aus dem Gedächtnis gemalt, auf die Leinwand geklatscht, gefielen mir am besten. Ich sah in dem Gesicht des Mannes die Verzweiflung, die Gier, die Leidenschaft und auch die Lust zur Grausamkeit. Alma, die mich benützen wollte, wie mir Nico Voglio weismachen wollte, hatte mir dieses Gesicht gezeigt. Ich dachte ohne Bitterkeit an sie. Peter, dachte ich, wenn er hier wäre. Wie wenig ich bisher an ihn gedacht hatte und wie sehr ich ihn plötzlich vermißte. Ich verlangte nach seinem Urteil. Seiner begeisterten Zustimmung. Die Bilder würden ihm gefallen. Mädchen, würde er sagen, Mädchen, du hast Fortschritte gemacht, enorme Fortschritte. Ich bin stolz auf dich. Er durfte das sagen, obwohl er nicht mein Lehrer war, aber er hatte all die Jahre, in denen ich an mir verzweifeln wollte, an meine Fähigkeiten geglaubt und es mir glaubhaft machen können.

In der Küche setzte ich mich mit einem Glas Rotwein an den Tisch, obwohl ich bei Nico schon genug getrunken hatte, lauschte dem Summen, dem Rumpeln und Rattern, dem Klirren und Türenknallen aus dem Lichtschacht, den Stimmen, dem Lachen. Meine Gedanken bewegten sich wie im Nebel. Ich versuchte zu überlegen, was dieser Besuch für mich bedeutete, aber die Gedanken gehorchten mir nicht mehr. Das Telefon klingelte, es mußte bereits mehrmals geklingelt haben. Sollte ich abheben? Ich hob ab, es war Lisa. Da lichtete sich der Nebel in meinem Kopf, ich wurde plötzlich nüchtern, jedenfalls glaubte ich das. Lisa war sofort gegenwärtig und meine Mutter, in weißes Leinen gehüllt, so sah ich sie liegen, hingestreckt. Ich brauchte nicht viel zu sagen. Lisa sagte, sie ließ mich gar nicht zu Wort kommen, wir müßten uns entscheiden.

Entscheiden? Wer? fragte ich erschrocken. Jetzt mitten in der Nacht, sollte ich mich entscheiden? Sie sagte, die Ärzte glaubten nun doch nicht mehr an ein Erwachen, aber sie, sie glaube nach wie vor daran, fest.

Entscheiden? Was entscheiden? fragte ich.

Ob sie, sie stockte, ob sie noch an den Geräten angeschlossen bleiben soll.

Sie soll abgeschaltet werden? fragte ich fassungslos.

Nein, sagte Lisa, in ihrer Stimme Tränen. Nein, um Gottes willen, ich will das nicht. Ich will das eben nicht. Ich habe mit dem Arzt gesprochen, er wird prüfen, ob wir sie zu uns nehmen können, mit den Geräten. Wir müssen uns entscheiden, sagte Lisa, ich kann das nicht alleine, ich brauche dich.

Ich schwieg, dachte, wir? Wir sind doch keine Ärzte.

Hörst du, sagte sie, ich brauche dich.

Ja, sagte ich, ich komme. Natürlich komme ich, wenn das so ist. Was hatte ich da gesagt? Aber nicht sofort, ich kann hier nicht sofort weg, muß zuerst noch mit dem Kurator sprechen, wegen der Ausstellung, verstehst du.

Wann? Lisas Stimme war ganz klein.

In einer Woche, sagte ich, in einer Woche müßte es zu schaffen sein.

In einer Woche, wiederholte Lisa, ja, also gut, in einer Woche. Wir schwiegen, dann wieder Lisa: Kommst du mit dem Flugzeug? Es gibt ja jetzt Billigflüge.

Das hatte ich mir noch nicht überlegt. Ich hatte, das merkte ich jetzt erst, überhaupt noch nicht ernsthaft überlegt, meinen Aufenthalt abzubrechen. Alle Gedanken hatten sich bisher nur damit beschäftigt, die Zumutung, abreisen zu müssen, abzuwehren.

Ich weiß noch nicht, sagte ich, ich gebe dir Bescheid, wenn ich mich entschlossen habe. Morgen spreche ich mit dem Kurator. Schließlich brauche ich seine Zustimmung, wenn ich Hals über Kopf … Das war gelogen. Das merkte auch Lisa, sie ging gar nicht erst darauf ein.

Also gut, sagte sie, du rufst mich an. Sprich auf den Anrufbeantworter, wenn ich nicht zu Hause bin.

Mach ich, sagte ich.

Nun war es also entschieden. In einer Woche würde ich abreisen. Würde ich für die letzten drei Wochen hierher zurückkommen können? Würde sich das lohnen oder mußte ich meine Zelte vorzeitig abbrechen? Ich verdrängte den Gedanken an Mutters Zustand, der mir durch die entmutigte Stimme Lisas zum ersten Mal deutlich geworden war, eine gewisse Plastizität und Realität gewonnen hatte. Das Bild von meiner moribunden Mutter war schmerzlich konkret geworden, so konkret, daß ich es schleunigst zu verdrängen suchte. Statt ihrer holte ich mir Lisa vor meine inneres Auge. Auch das tat weh, aber es war nicht so abgrundtief bejammernswert, so trostlos wie Mutters Zustand. Ich würde also auch Lisa nach längerer Zeit wiedersehen.

Verändert? Und Mutter. Ich versuchte sie mir vorzustellen, beide. Fliegen oder die Bahn nehmen?

Ich saß immer noch allein in der Küche, es war gegen Mitternacht. Meine Mitbewohner immer noch aushäusig. Mit Amadeus hätte ich mich gern beraten, vielleicht hätte ich ihm sogar gestanden, daß meine Mutter die Schriftstellerin war, die er bewunderte und die jetzt im Sterben lag. Seiner Anteilnahme wäre ich sicher. Schließlich entschloß ich mich, nicht mehr zu warten, es würde doch kein Gespräch mehr zu führen sein.

Ich betrachtete mein Atelier mit Abschiedsaugen, es fühlte sich an, als wäre ich schon nicht mehr da, es schmerzte. Ich nahm eine Leinwand, stellte sie auf die Staffelei, rückte den Spiegel zurecht, bis ich mich darin sehen konnte, und begann zu malen. Mein erstes Selbstporträt.

9

Magister Maderthaner hatte gegen meine Reise nach Österreich nichts einzuwenden, allerdings müsse ich die Kosten selbst tragen. Er erwarte mich gegen Ende des Monats zurück. Er fragte mich nicht nach den Gründen meiner überstürzten Abreise. Das war mir angenehm, wenn es mich auch wunderte. Es freute mich zu hören, daß die Einladungskarten für die Ausstellungseröffnung bereits in Druck gegangen waren.

Ich hatte wieder das Telefon auf der Piazza Rotonda benützt, noch immer hatte sich niemand bereit gefunden, das Handy aufzuladen. Ich war relativ früh aufgestanden, hatte allein meinen Cappuccino getrunken und ein vertrocknetes *Cornetto* gegessen, das sich noch im Brotkorb fand. Ich wollte nur kurz ins Atelier zurückkehren, um dann an der Stazione Termini eine Fahrkarte zu kaufen. Ich hatte mich dazu entschlossen, den Zug zu nehmen, weil ich mich meiner Heimatstadt und dem, was mich dort erwartete, lieber langsam nähern wollte.

Schon vom Korridor aus sah ich, daß Lilo und Amadeus einträchtig, wie mir schien, in der Küche saßen und tranken. Ich wollte die Gelegenheit nützen, beide von meiner Abreise zu informieren. Sie hatten mich nicht kommen gehört, erst als ich in der Tür stand, schraken sie auf. Ich blickte in zwei verstörte Gesichter. Gut, daß du kommst, setz dich! sagte Amadeus, während Lilo stumm auf ein Zeitungsblatt starrte, das auf dem Tisch lag. Ich setzte mich.

Lilo schob mir die Zeitung zu, auf dem Titelbild ein zerfetztes Auto, Polizei, Rettungsautos, Menschen mit blutüberströmten Gesichtern und Tragbahren. Entsetzlich, sagte ich, erwartungsgemäß, aber wenig berührt, zu alltäglich waren diese Katastrophen, als daß man sich darüber noch aufregen konnte.

Lies! forderte mich Amadeus auf. Lilo hatte sich ein Taschentuch auf die Augen gedrückt.

Ich kann nicht so gut Italienisch, was ist los? fragte ich irritiert. Palermo, in Palermo war ein Unfall oder ein Anschlag passiert. Und dann las ich noch etwas von sechs *vittime*. Noch bevor Amadeus mit dem Finger darauf stieß, las ich, *una austriaca da questo due bambini*. In der Via San Sebastiano war eine Autobombe hochgegangen, die sechs Menschen tötete, darunter eine Österreicherin und zwei Kinder.

Opfer eines Bandenkriegs, sagte Amadeus. Es war Zufall, daß es sie getroffen hat.

Wen getroffen? Fragte ich verstört.

Lilo hat herausgefunden, wer die Österreicherin ist.

Es ist Alma, sagte Lilo, ich habe mich bei der Polizei erkundigt.

Ich setzte mich.

Schicksal, sagte Lilo, die sich gefaßt hatte und das Taschentuch in der Faust verbarg. Es war ihr bestimmt, so zu sterben.

Ach was, Schicksal, sagte Amadeus, ein Zufall, ein blöder Zufall.

Lilo antwortete nicht, versenkte sich wieder in den Text des Artikels. Ich hielt eine Diskussion über Schicksal und Zufall auch für überflüssig. Ich dachte an Nico Voglio und daran, wie er die Nachricht aufnehmen würde. Es war nun auch nicht der Augenblick, den beiden von meiner Abreise zu erzählen. Ich verabschiedete mich, Amadeus sah mich überrascht an, er hatte wohl mit einem Gespräch über Alma und ihren entsetzlichen Tod gerechnet, aber ich fühlte mich dazu nicht in der Lage.

Vor den wenigen besetzten Fahrkartenschaltern an der Stazione Termini warteten Menschenschlangen. Ich war innerlich so aufgewühlt, daß ich mich geduldig einreihte. Die Nachricht, daß Alma tot war, von einer Bombe in Stücke gerissen, bis zur Unkenntlichkeit verstümmelt, aber immerhin identifizierbar, gewann erst langsam Realität. Es fiel mir ein, daß ich kein Foto von ihr besaß, daß ihr Bild in mir allmählich verblassen würde. Vielleicht würde mich die Vorstellung von dem zerfetzten Körper so lange verfolgen, bis ich keine Erinnerung an die Lebende mehr hatte. Nur das entsetzliche Ende würde gegenwärtig bleiben. Ich würde Alma nie mehr sehen, nie mehr mit ihr sprechen. Ob sie mit einem solchen Tod einverstanden gewesen wäre? Ein Tod, der nichts von der Schönheit ihres Körpers übrig ließ, kein Leichnam, den man schminken, schmücken, an dem ein Nico Voglio hätte schluchzend zusammenbrechen können.

Ich rückte in der Warteschlange vor. Es ging rascher, als ich befürchtet hatte. Von Rom nach Linz und zurück. Wie sich das anhörte. Ich bezahlte, schob die *Biglietti* in einen Umschlag. Was nun? Zwei Tage blieben mir noch, um von der Stadt Abschied zu nehmen. Trotz meines Entschlusses wiederzukommen, es war ein endgültiger Abschied. Wenn ich abreiste, würde ich nicht mehr zum ersten Mal wiederkommen können. Und würde ich dieselbe sein, wenn ich wiederkam?

Ich entschloß mich, ein letztes Mal die Galleria Tossi aufzusuchen, mir das Porträt, das Alma so befremdend ähnlich war, noch einmal zu betrachten und mit dem Galeristen, der die Nachricht von ihrem Tod wohl schon der Zeitung entnommen hatte, über Alma zu sprechen.

Ich nahm den Bus von der Stazione Termini, der wie immer überfüllt war, und fuhr zur Chiesa Nuova. Es hätte mich nicht überrascht, wenn die Galerie geschlossen gewesen wäre und Kerzchen vor der Tür gebrannt hätten, aber es war alles unverändert. Die Glastür stand offen, ich blickte in den Ausstellungsraum, außer Tossi, der im Hintergrund an einem Tisch im Lichtkegel einer Lampe saß, sah ich niemanden. Ich betrat den Raum, suchte

Alma. Lange stand ich davor, die Ähnlichkeit und die gleichzeitige Fremdheit irritierten mich immer noch. Ich erwartete, daß der Galerist auf mich aufmerksam würde, aber ich blieb allein vor den Bildern. Als ich glaubte, dieses rätselhafte Bild in mich aufgenommen zu haben, entschloß ich mich zu gehen. Tossi saß immer noch über den Tisch gebeugt und ich verließ die Galerie, ohne auf mich aufmerksam zu machen. Ich hörte noch das Telefon klingeln, hörte Tossis Stimme. Vielleicht erhielt er die Nachricht von ihrem Tod gerade erst? Ich widerstand der Versuchung, in Hörweite stehenzubleiben. Auf dem Rückweg kaufte ich den *Corriere della Sera*, auf dem Titelblatt das zerbombte Auto und blutüberströmte Menschen. Ich schob die Zeitung in meine Tasche. Lilo schien gut italienisch zu sprechen, sie würde es uns übersetzen.

Ich traf Amadeus noch in der Küche an, er saß vor einer Flasche Rotwein, die zur Hälfte geleert war. Setz dich, sagte er mit der weit ausholenden Geste, die mir verriet, daß er schon einiges getrunken hatte, wo bist du so lange gewesen? Ich zog die Zeitung aus der Tasche und schob sie ihm hin. Kenne ich schon, sagte er, Lilo hat sie gebracht und mir übersetzt. Die Camorra hat den Anschlag verübt, Bandenkrieg.

Für mich rückte das Geschehen zunehmend in den Bereich des Phantastischen. Wo ist Lilo jetzt?

Sie wollte Nico Voglio anrufen, schließlich ist er Almas einziger Verwandter.

Gute Idee, sagte ich.

Setz dich, forderte er mich neuerlich auf, da ich immer noch stand.

Ich muß packen, muß abreisen, Familienangelegenheiten, sagte ich und wandte mich zum Gehen.

Halt, rief er, schlug mit der Faust auf den Tisch, hiergeblieben. Was heißt hier *Familienangelegenheiten*, du kannst mich doch nicht einfach allein lassen.

Was heißt *allein lassen*, Lilo ist doch jetzt hier.

Nein, die will nach Palermo, sie will der Sache nachgehen.

Ich schüttelte den Kopf, welcher Sache denn?

Ach, was weiß ich. Jetzt setz dich und erzähl von deinen Familienangelegenheiten. Ich habe zwar schon einiges getrunken, aber ich sehe doch, daß du etwas auf dem Herzen hast.

Das siehst du?

Ja, ich sehe was, was du nicht siehst. Also?

Ich setzte mich. Es ist so, daß meine Mutter krank geworden ist, schwerkrank, plötzlich. Und meine Schwester braucht mich.

Das tut mir leid, sagte Amadeus mit schwerer Zunge. Ich hatte zum ersten Mal gegenüber einem Fremden ausgesprochen, daß meine Mutter schwer erkrankt war. Als ich hörte, wie ich es sagte – meine Mutter war ja nicht schwer krank, sondern todkrank und eigentlich schon tot –, spürte ich es in mir hochsteigen, das Weinen war nicht zu unterdrücken. Ich schluchzte los und schließlich weinte ich nicht nur um meine Mutter, sondern auch um Alma und zuletzt wohl auch um mich. Gleichzeitig fürchtete ich, er würde mir näher kommen. Daß ich vor ihm meine Haltung verlor, hieß doch nicht, daß ich seine Nähe wollte, daß ich getröstet oder gar bemitleidet werden wollte. Vielleicht hätte Amadeus, wenn er nüchtern gewesen wäre, seinen Arm um meine Schulter gelegt, aber seine Betrunkenheit klotzte ihn so schwer auf seinen Sessel hin, daß er es gar nicht erst versuchte. Ich war ihm dafür dankbar. Ich faßte mich wieder, schneuzte mich, sah, daß er mich blödäugig anstarrte. Das tut mir wirklich leid, sagte er wieder.

Ja, mir auch, aber es ist nicht zu ändern.

Verstehe, sagte er. Dann mußt du wohl hinfahren.

Ja, sagte ich, ich habe alles geregelt, habe Herrn Maderthaner verständigt. Ich komme ja wieder, wegen der Ausstellung.

Verstehe, er nickte ein paarmal langsam. Was dieser Fettwanst, dieser Pietro-Aretino-Verschnitt wohl dazu sagt?

Wozu?

Daß Alma tot ist, futsch, aus.

Alma, immer wieder Alma, ich fühlte mich verletzt. Es war unnötig gewesen, mich gegen seine Mitleidsbezeugungen zu wappnen, er hatte mir kaum zugehört. Ich verließ ihn wortlos und begann, in meinem Atelier Ordnung zu machen.

Wieder zurückzukehren, wenn ich einmal abgereist war, schien mir nun unwirklich. Mit meiner kleinen Digitalkamera fotografierte ich die Bilder, die hier entstanden waren. Die Fotos würde ich Lisa zeigen, sie würden mein Bleiben vor ihr rechtfertigen.

Am nächsten Morgen erfuhr ich beim Frühstück, daß auch Nico Voglio tot war.

Das ist doch verrückt, sagte ich, war er denn auch in Palermo?

Nein, sagte Lilo, er ist in seinem Bett gestorben, Herzinfarkt. Er hatte schon seit Jahren Probleme mit dem Blutdruck, erzählte seine Haushälterin, die Signora. Sie hat ihn tot im Bett gefunden.

Aber man denke sich, ausgerechnet zu dem Zeitpunkt, an dem Alma … Amadeus ereiferte sich.

Schriftsteller, dachte ich, sehen hinter jedem Toten einen Romanstoff, das kenne ich von meiner Mutter.

Was sagst du dazu? fragte mich Amadeus. Mein Schweigen irritierte ihn offenbar.

Ich zuckte mit den Schultern, sagte dann aber doch, nun ja, seltsam. Ich wunderte mich natürlich, denn ich war nicht in der Lage, mich auch noch mit dem Tod des Bestsellerautors auseinanderzusetzen, den ich noch vor wenigen Tagen gesprochen hatte. Ich dachte mit Unbehagen an unsere letzte Begegnung.

Er wird nächste Woche auf dem Cimitero Acattolico beigesetzt, sagte Lilo.

Das gibt es doch nicht, rief ich, da wird seit weiß Gott wie lange niemand mehr begraben.

Das ist ja ein Ding, sagte Amadeus.

Doch, das gibt es, die Signora hat es mir erklärt. Er hat sich dort eingekauft, hat dem Römischen Senat und einigen Angehörigen der Roma Nera ein Vermögen bezahlt, also macht man eine Ausnahme. Er kommt aber natürlich nicht in die Zona Antica, sondern vielleicht irgendwo in die Nähe von Gramsci.

Das schau ich mir an, sagte Amadeus. Schade, daß du nicht dabeisein kannst, er wandte sich an mich.

Das bedauerte ich allerdings auch. Lilo wollte fotografieren. Das Begräbnis sollte nach Einbruch der Dunkelheit stattfinden, mit Fackelträgern und allem Drum und Dran, so wie es früher vorgeschrieben war.

Ganz Rom wird dabei sein, jede Menge Prominenz, Politiker, Schauspieler, Galeristen, Künstler. Und das bei Kerzenlicht. Sowas darf man sich nicht entgehen lassen, freute sich Amadeus, wirklich schade.

Nun wollte auch Lilo wissen, weshalb ich weg musste, auch ihr tat es leid. Vielleicht ist Nico Voglio tatsächlich der Allerletzte, der am Acattolico begraben wird, überlegte sie.

Und wir werden dabeigewesen sein, triumphierte Amadeus.

Ich fand das alles übertrieben. Es verdroß mich

natürlich, nicht bleiben zu können. Am liebsten hätte ich meine Abreise verschoben. In diese Überlegungen schellte das Telefon. Es war Lisa, die wissen wollte, wann ich in Linz zu erwarten sei. Am Flughafen oder am Bahnhof? Sie habe das Gästezimmer für mich gerichtet, Walter würde mich abholen, alle freuten sich, mich wiederzusehen.

Ob sie sich wirklich freuten? Oder hatte sie nur so getan? Wie ich, die ich mich auch zu freuen beteuerte. Was hätte ich denn sonst sagen sollen? Daß mir ein historisches Begräbnis entgehen würde, mit Fackeln und Pomp und viel römischer Prominenz?

Ein letztes Mal lehnte ich mich aus dem Fenster und beobachtete das Treiben in der Tor Millina. Es begann zu dämmern. Ich konnte mich nicht satt sehen an den Farben der einbrechenden Dunkelheit.

10

Nun saß ich also im Zug nach Linz. Ich würde um etwa einundzwanzig Uhr dort eintreffen, hatte mich von den Farben der Toskana verabschiedet, hatte die Bergstöcke des Friaul durch das Fenster des Speisewagens genossen, war in Innsbruck umgestiegen und ließ nun das Tiroler Alpenpanorama an mir vorüberziehen. Auch hier Farben, die mich anregten, kälter, härter, fordernder, die das römische Licht in meiner Erinnerung allmählich verblassen ließen. Als ich in Rom in den Zug gestiegen war, hatte ich mir nicht vorstellen können, nicht vorstellen wollen, in Linz anzukommen, von meinem Schwager in Empfang genommen zu werden. Aber nun, da ich mich scheinbar immer schneller meinem Zielort näherte, wurde mir erst richtig bewußt, daß ich mich aus einer Lebens-Sphäre, die mir gemäß war, wie ich glaubte, in eine andere begab, in meine Präexistenz, mein Leben vor dem Entschluß, mich der Kunst zu widmen. Diese Zeit war mir so fremd geworden, daß ich manchmal glaubte, ich sei damals eine andere Person gewesen, eine Fremde, über die mir vieles bekannt war und manches unbegreiflich.

Ich benützte die dreizehnstündige Bahnfahrt, mich von Rom und meinen dortigen Erlebnissen zu lösen. Lisa war enttäuscht, daß ich nicht eines der Billigflugangebote genommen hatte, was mir das Umsteigen und die lange Fahrt erspart hätte. Einen ganzen Tag sitzt du im Zug, du verlierst viel Zeit. Aber ich brauchte diese Zeit, während der mir die Verluste und Enttäuschungen, die ich in Rom erlitten hatte, ferner rücken konnten. Alma, Nico Voglio, der seltsame Bestsellerautor, beide tot. Hatte es sie überhaupt gegeben? Es gelang mir, in der langsamen Annäherung an mein Ziel das römische Licht loszulassen und mich mit dem klaren, eisigen Licht, in das ich hineinfuhr, abzufinden. Dieses Licht, in das ich zurückkehren musste, seine Schonungslosgkeit und seine schroffe Schönheit, zwang mich, mich dem Kommenden zu stellen. Ich hatte mich für die lange Fahrt mit Lektüre eingedeckt, war aber nicht in der Lage, mich auf ein Buch zu konzentrieren. Ich blickte wie hypnotisiert aus dem Zugfenster, blieb hellwach. Erst ab Salzburg begann ich zu ermüden, sodaß ich einschlief. Mein Schlaf mußte wohl ziemlich tief gewesen sein, und so wäre ich in Wels, hochschreckend, nicht mehr wissend, wo ich mich befand, beinahe ausgestiegen. Mich befiel Angst vor der Begegnung mit Lisa und vor ihrem Mann, Angst vor Linz, Angst vor dem, was mich erwartete. Auf dem Bahnsteig hielt ich Ausschau nach meinem Schwager, da rannte Lisa auf mich zu und umarmte mich, wollte mich gar nicht mehr loslassen. Endlich, rief sie, endlich, bist du da. Gut siehst du aus. Sie hielt mich auf Armlänge entfernt, betrachtete mich, wirklich, Rom ist dir gut bekommen. Ich dagegen war über das Aussehen meiner Schwester erschrocken. Sie war sehr mager geworden, scharfe Falten um die Mundwinkel gaben ihrem Gesicht etwas Vergrämtes. Kein Wunder, dachte ich, du hast dich ja von der ganzen Misere ferngehalten, und zum ersten Mal regte sich in mir ein leichtes Schuldbewußtsein, nicht gegenüber meiner Mutter, sondern gegenüber meiner Schwester. Im Auto erzählte sie, daß Walter mit den Buben Mathematik lernen müsse, beide hätten morgen eine Schularbeit, deshalb sei sie selbst gekommen. Sie habe aber alles zu meinem Empfang vorbereitet. Sie griff nach meiner Hand. Diese Freude, daß du da bist. Ich schämte mich und antwortete etwas unwirsch, aber das ist doch selbstverständlich. Das war gelogen, denn selbstverständlich war es für mich natürlich nicht. Ich hatte während der ganzen Zugfahrt nur das Gefühl in mir gehegt, daß mein Kommen letztlich doch ein Akt der Großmut war, bestenfalls das unwillige Erfüllen einer Pflicht.

Als Lisa vor dem Einfamilienhaus mit dem hübschen Garten, den Rhododendren und den Rosenstöcken in der gepflegten Wohngegend auf dem Bauernberg hielt, sagte ich im Bemühen, etwas zu sagen, das unsere Befangenheit überwinden würde: Ein schönes Zuhause hast du, es hat sich nichts verändert. Doch, sagte Lisa, wir haben das Haus neu streichen lassen, es hat jetzt einen ockergelben Anstrich. Zuvor war es weiß, kannst du dich noch erinnern? In der Tat war das Haus jetzt ockergelb, und obwohl Ocker eine Farbe war, die mich in Rom fasziniert hatte, befremdete sie mich hier. Es fehlte das Licht. Auch die Fensterläden, sagte Lisa, du erinnerst dich, sie waren braun, wir haben sie in einem leuchtenden Blau streichen lassen. Wir haben solche Farben in der Toskana gesehen.

Es sieht hübsch aus, sagte ich.

Wir haben nette Nachbarn, sagte sie. Ihr seid ja auch nett, antwortete ich und konnte mir unter netten Nachbarn nichts vorstellen, weil ich selbst nie Nachbarn hatte, die ich als nett bezeichnen würde. Irgend etwas hatte ich wohl falsch gemacht, denn nette Nachbarn waren offenbar etwas Wichtiges, sie bewahrten die Blumen im Garten vor dem Verdorren, schauten nach der Post, bemerkten verdächtige Personen, die sich auf dem Grundstück zu schaffen machten, schauten auch einmal nach den Kindern. Das beruhte auf Gegenseitigkeit. Als sie mir das alles auf der viertelstündigen Fahrt erzählte, dachte ich, daß ich weder Haus noch Blumen noch Kinder noch Hund noch Katze hatte und also auch keine netten Nachbarn brauchte. Ich hörte ihr zu und fragte mich insgeheim, weshalb sie mir von den Nachbarn erzählte und nicht von Mutter. Ich hatte eine gewisse Scheu, Mutter zu erwähnen, wir waren ohne Verabredung übereingekommen, daß die Mutter erst später, als Nachtisch, zum Thema gemacht werden sollte. Aufwärmgespräche nannte man das. Seltsamerweise führte das bei mir zu keiner Lockerung, sondern es verstärkte vielmehr meine innere Spannung, sodaß ich Lisas Ausführungen, die sich jetzt um Gartenpflege drehten, nicht mehr folgen mochte.

Walter und die Kinder kamen uns an der Tür entgegen. Die Buben waren gewachsen, was sonst, ich hatte sie zwei Jahre nicht gesehen. Sie gaben mir schüchtern die Hand, mir, der fremden Tante, und ich sagte: Wie groß ihr geworden seid. Was hätte ich auch sonst sagen sollen? Walter umarmte mich distanziert, was mir recht war, er hatte sich nicht verändert. Es stellte sich bald heraus, daß er erwartet hatte, mich zur Entlastung seiner Frau früher hier zu sehen, er hielt es für meine moralische Pflicht. Davon sprach er, nachdem wir uns um den gedeckten Tisch im Wohnzimmer gesetzt hatten, als wir belegte Brötchen aßen und uns mit Wein zutranken. Die Kinder hatten schon gegessen und waren zu Bett geschickt worden. Seltsamerweise fand ich Walters Vorwürfe gerechtfertigt, sie berührten mich trotzdem nicht. Er ging mich nichts an. Lisa war peinlich berührt, sie kannte meine Empfindlichkeit, fürchtete ein Zerwürfnis, doch ich beruhigte sie und sagte, wahrscheinlich hat er von seinem Standpunkt aus recht, ich habe einen anderen. Ja, sagte Lisa erleichtert, alles ist relativ und schaute ihren Mann, der hinfort auch nichts Unfreundliches mehr gegen mich äußerte, aber doch einiges verschluckte, wie ich merkte, beschwörend an. Ich fühlte mich, als wäre ich gezwungen, über dünnes Eis zu gehen, als müsste ich mich hüten, eine falsche Bewegung zu machen. Ich fragte, wie sich die Buben in der Schule machten, erfuhr, daß Michaels Stärke, ja, Begabung, das Aufsatzschreiben sei und Martin sich für Geschichte interessiere. Michael, sagte Lisa, hat die Begabung sicher von Mutter. Er sieht ihr auch ähnlich, findest du nicht? fragte sie mich. Kann sein, sagte ich zögernd. Walter verabschiedete sich, entschuldigte sich, er müsse morgen früh los, ein anstrengender Tag erwarte ihn im Amt.

Also war ich mit Lisa allein. Ich half ihr, den Tisch abzuräumen. Sie sagte, du mußt es ihm nicht übelnehmen, er hatte Angst, daß ich zusammenbreche. Ich habe ja selbst manchmal gefürchtet, daß ich es nicht mehr schaffe. Und da du die einzige nahe Verwandte bist, hat er gedacht –

Ja, sagte ich, ich verstehe.

Er hat sich Sorgen um mich gemacht, sagte Lisa.

Ich verstehe.

Du kannst bleiben?

Eine Woche.

Eine Woche, wiederholte sie und schluckte.

Ja, ich muß wieder zurück, wegen der Ausstellung, sagte ich, ein wenig unwillig, mich erklären zu müssen. Ich dachte, in einer Woche könnten wir alles klären.

Klären? Sie starrte mich aus aufgerissenen Augen an. Klären? Was klären?

Ich merkte, daß ich mich im Wort vergriffen hatte. Aber konnte ich sagen, daß ich mir vorgestellt hatte, wir würden unsere Mutter innerhalb dieser Frist begraben haben?

Sie lebt noch, flüsterte sie.

Ich möchte sie sehen, sagte ich.

Morgen vormittag, wir können den ganzen Tag bei ihr bleiben, die Nachbarn kümmern sich um die Buben.

Und einen Arzt sprechen, sagte ich.

Ja, das hätte ich auch vorgeschlagen. Dr. Bartenstein werden wir sprechen können.

Du sagtest am Telefon, daß du sie mit den Geräten zu dir nehmen willst.

Davon haben mir die Ärzte inzwischen abgeraten, sagte sie kleinlaut. Dann klappte sie energisch den Geschirrspüler zu, richtete sich auf: Darüber wollen wir morgen reden, es ist alles ziemlich kompliziert. Du bist sicher müde, ich zeige dir dein Zimmer, es ist im oberen Stockwerk. Wir haben ein kleines Gästebad einbauen lassen, ich glaube, das kennst du noch nicht.

Schön, sagte ich, als sie mir die Tür zu dem Zimmer aufmachte, sehr gemütlich.

Nicht wahr? Wir haben uns große Mühe gegeben, alles von IKEA, auch der Vorhang und der Teppich. Walter hat den Schrank selbst zusammengebaut und überhaupt alles.

Ich hätte Lisa umarmen mögen, wie sie so mitten im Zimmer stand, zerbrechlich, mich scheu beobachtend, ob ich auch wirklich zufrieden war. Aber ich umarmte sie nicht, stattdessen überlegte ich, was sie so verändert hatte. Sie hatte etwas Dienstbotenhaftes bekommen, etwas Unterwürfiges. Selbst am Telefon hatte sie noch anders auf mich gewirkt, da hatte sie etwas Bestimmendes, wenn sie auch vor meinen Argumenten zurückgewichen war. Ich hätte sie an mich drücken sollen, aber ich hatte Angst, meine innere Starre einzubüßen, diese Starre, die mir, wie ich glaubte, helfen würde, alles, was mir hier noch widerfahren würde, mit Haltung zu überstehen und rechtzeitig wieder von hier fortzukommen. Kaum angekommen, sorgte ich mich um das Wegkommen.

Schau, sagte Lisa, und öffnete den Schrank aus Kiefernholz, ich habe das Kleid aufgehoben, ich konnte mich nicht überwinden, es zur Rot-Kreuz-Sammlung zu geben. Ich wollte es dir zeigen. Wenn du es nicht behalten willst, dann stecke ich es in den Altkleidercontainer. Sie nahm das rote Kleid aus dem Schrank und schwenkte es auf dem Bügel. Es war ein Jerseykleid, ein knalliges Rot, mit einer Schärpe um die Hüften.

Wie kommst du darauf, daß ich es aufheben will. Es hat mir nie gefallen, ich habe es gehaßt, und man hat mich gezwungen, es zu tragen, zu einem Anlaß, zu dem ich ebenfalls gezwungen worden bin. Und da glaubst du – ich kann es nicht fassen! Daß du glauben kannst, ich wollte dieses Kleid aufbewahren, um mich an eine der unglücklichsten Stunden meines Lebens zu erinnern? Ich war fassungslos. Lisa schaute mich betreten an, legte das Kleid aber doch auf das Bett, sodaß ich es vor Augen hatte.

Es gehört doch zu einem Teil deiner Geschichte. Ich weiß, wir, Mutter und Großmutter, wir haben dich in das Kleid gesteckt und dich gedrängt, zur Hochzeit deines Vaters zu gehen.

Daß auch Mutter mich nicht verstanden hat, daß auch sie mich gedrängt hat, nach allem, was mir Vater angetan hat, das konnte ich ihr lange nicht verzeihen. Sie wollte, wie ihr alle, endlich wieder Harmonie in diese zerrissene Familie bringen. Harmonie um jeden Preis, um einen Preis, den ich zu zahlen hatte. Aber ich habe euch gestört, ich war die Widerspenstige, eine pubertierende Göre, die sich doch zurechtbiegen lassen müsste. So habt ihr damals gedacht. Und ich habe mich zurechtbiegen lassen, ich habe euch den Gefallen getan. Und noch dazu in diesem Kleid, schau es dir an!

Es ist ein schönes Kleid, sagte Lisa, es ist immer noch schön, so gut wie neu. Du hast es nur einmal getragen.

Es ist ein Kleid für eine Dreißigjährige und ich war damals dreizehn. Ich wollte einen Jeansrock und irgendein verrücktes T-Shirt. Aber das hat mir Großmutter nicht kaufen wollen. Auch deshalb wollte ich nicht hingehen. Nicht einmal dieses winzige Entgegenkommen konnte ich von euch erwarten.

Du hast wunderschön ausgesehen in dem Kleid, sagte Lisa, es hat dir ausgezeichnet gestanden, die Farbe, der Schnitt.

Ich habe noch nie ein Kleid so sehr verabscheut. Dieses Kleid ruft alles wieder in mir herauf. Ich weiß nicht, was du damit bezweckst, wir haben jetzt doch andere Probleme.

Ich wollte damit nicht von unseren Problemen ablenken, sagte Lisa, weiß Gott, daß ich das nicht wollte. Ich wollte auch die alten Probleme nicht heraufrufen. Ich wollte dir nur das Kleid zeigen, an dem sich so vieles entzündet hat.

Erinnerst du dich noch an die Hochzeit von Vater? fragte ich. Es war das düsterste, unfroheste Fest, das ich in meinem ganzen Leben besucht habe. Besuchen mußte. Drei Wochen nachdem mich die Frau, die er heiraten wollte, aus der väterlichen Wohnung hinausgeworfen hatte, wurde ich gezwungen, zu seiner Hochzeit zu gehen. Ich habe damals schon bei dir gewohnt, Mutter war auf Besuch da, sie hat mich auch dieses Mal wieder im Stich gelassen. In Wirklichkeit interessierte sie sich nicht mehr dafür, was wir machten. Sie wollte ihren Frieden, damit sie in ihrer neuen Ehe glücklich sein konnte und von keinen Skrupeln geplagt wurde.

Ja, sagte Lisa, ich erinnere mich sehr gut.

Und du erinnerst dich hoffentlich auch, daß ich von dir und Oma in dem roten Kleid vor meinen Vater gebracht wurde, um ihm zu zeigen, hier ist sie,

sie wird brav sein. Dabei hatte ich gar nichts angestellt, ich hatte mich nur geweigert, an einem Ausflug mit den beiden und meinen neuen Geschwistern teilzunehmen. Also wurde ich ihm vorgeführt, ihm und seiner Frau, die neben ihm stand, die mich aus der väterlichen Wohnung geworfen hatte, und er, mein Vater, war daneben gestanden und hatte nicht eingegriffen. Er hatte sie gewähren lassen und ich mußte ihm jetzt die Hand geben. Ich streckte sie ihm hin, meine Hand, und er, er ergriff sie nicht, er wandte sich ab und den ganzen Abend war ich eine Null für ihn, er hat kein einziges Wort an mich gerichtet.

Weißt du, sagte Lisa, daß er sich daran nicht mehr erinnert?

Nein, das weiß ich nicht und es ist mir auch ganz gleichgültig. Ich, *ich* habe es nicht vergessen. Ich weiß nicht einmal, wo er jetzt ist.

Aber ich, sagte Lisa, ich habe ihn besucht. Es war gar nicht leicht, ihn ausfindig zu machen.

Du? Wozu?

Ich wollte ihn stellen, wollte wissen, ob er sich erinnert, ob es ihm heute leid tut.

Und?

Er erinnert sich nicht, sagte Lisa.

Typisch, sagte ich.

Er kann sich an gar nichts mehr erinnern. Die Pflegerin sagt, daß er nicht einmal mehr wisse, wie er heißt. Er hat Alzheimer. Er ist in einem Heim untergebracht, gar nicht weit von Linz.

Ich sagte: So. Und mit diesem *So* setzte ich einen Schlußpunkt unter meinen Vater.

Er ist in einem erbärmlichen Zustand, er –

Schön, sagte ich, es interessiert mich nicht. Nichts mehr.

Lisa seufzte, nahm das Kleid vom Bett und hängte es wieder in den Schrank.

Du kannst es bei nächster Gelegenheit zur Altkleidersammlung geben, sagte ich.

Lisa umarmte mich, küßte mich auf beide Wangen. Schlaf gut, sagte sie. Sie duftete nach Rosmarin, den Duft kannte ich von früher. Das war der vertraute Geruch. Einen Augenblick hätte ich sie fest an mich drücken wollen, aber ich ließ es nicht zu.

Ich war müde, sehnte mich danach, die Augen zu schließen, und nach Dunkelheit, in die ich mit offenen Augen schauen konnte. Ich wollte wieder zu mir kommen, es war, als hätte ich mich verloren. Ich streckte mich in dem Bett aus Kiefernholz unter der bunten IKEA-Bettwäsche aus, die Matratze war weich, ich versank in den Kissen. Die Unruhe, die in mir war, ließ mich keinen Schlaf finden. Vielleicht war es auch die ungewohnte Stille, die mich hier umgab, als sei ich in dem Haus allein. Bilder aus den letzten Wochen verfolgten mich. Alma, die nun tot war, zerfetzt, und Nico Voglio. Was hatte ich mit ihnen zu schaffen? Würde ich Amadeus wiedersehen, wenn ich wieder nach Rom zurückkehrte? Es fiel mir ein, daß ich noch nicht den Wunsch gehabt hatte, etwas von ihm zu lesen, obwohl er schon mehrere Bücher geschrieben hatte, Romane, wie er mir erzählte. Vielleicht würde ich in einer Buchhandlung in Linz ein Buch von ihm finden. Dann dachte ich an Peter, ich sollte ihm schreiben, er glaubte mich in Rom. Die Bettwäsche roch nach einem süßlichen Waschmittel, sie knisterte vor Frische, wenn ich mich bewegte. Ich versuchte, still zu liegen und an nichts mehr zu denken, vor allem nicht an Mutter, die ich morgen wiedersehen würde, und nicht an Lisa und meinen Alzheimer-Vater, an den schon gar nicht. Ich wollte an meine Bilder denken, ließ sie vor meinem inneren Auge an mir vorüberziehen, dachte an die Ausstellung, an die Hängung, sah mich schon bei der Eröffnung umringt von Interessierten, nein, von Begeisterten. Daran dachte ich, mit diesen Gedanken wollte ich in Schlaf fallen, um morgen rechtzeitig aufzuwachen. Um 7 Uhr sollte ich zum Frühstück erscheinen, dann würde ich die Kinder noch sehen, bevor sie zur Schule gingen, und Walter auch. Die Vorstellung, beim Frühstück von vier Menschen umringt zu sein, Konversation machen zu müssen und ein freundliches Gesicht, war mir freilich unangenehm. Ich hatte mich in meinem Alleinsein eingerichtet, mein Tagesablauf war von dem meiner Schwester und dem der meisten anderen Menschen sehr verschieden. Ich war schon vom Morgen an mit meiner Arbeit beschäftigt. Mit einer Tasse Kaffee ging ich dann in mein Atelier, das größte nordseitig gelegene Zimmer meiner ansonsten kleinen Wohnung, und begann mich mit meinen Arbeiten zu beschäftigen. Oder ich setzte mich an den Computer, auch hier mit Kaffee und Brot, um an einer Besprechung oder einem Aufsatz weiterzuarbeiten. Auch in Rom konnte ich mich nur schwer daran gewöhnen, das Frühstück an einem Tisch einzunehmen und mich mit nichts als mit dem Frühstück zu beschäftigen. Du mußt es nicht übertreiben, hatte Peter manchmal zu mir gesagt, du darfst das Leben nicht vergessen. Aber es gab für mich kein Leben außerhalb der Kunst. Und eigentlich auch für ihn nicht. Wir müssen aufpassen, daß wir nicht zu Misanthropen werden, sagte er manchmal zu mir und ich sagte dann, warum sollten wir nicht? Daran dachte ich jetzt, daran und an Rilkes Imperativ: *Du mußt dein Leben ändern*.

Irgendwann schläft man dann doch ein, und wenn man erwacht, zerschlagen, glaubt man, kein Auge zugetan zu haben. Aber ich erwachte nicht, ich wurde durch Lisas Rufe geweckt. Es war schon spät, ich würde es zum Frühstück mit den Kindern und Walter nicht mehr schaffen. Es tut mir leid, ich habe das Gefühl, die ganze Nacht wach gelegen zu sein, sagte ich zu Lisa und rieb mir die Augen.

Sie setzte sich zu mir auf das Bett und sagte leise, ich konnte auch kaum schlafen, es ging mir so viel durch den Kopf. Auch das rote Kleid. Ich hätte es dir nicht zeigen, ich hätte es gar nicht aufheben sollen. Ich glaubte, es sei wichtig für dich, wenn du dich noch einmal erinnerst, damit alles in dir, wie soll ich sagen, aufgeräumt ist. Damit du loslassen kannst, meine ich.

Ich haßte es, wenn sich jemand darüber Gedanken machte, was für mich wichtig sein könnte, und dieses *Loslassen*, das heutzutage jeder Küchenpsychologe gebrauchte, war mir unerträglich. Ich fühlte mich manipuliert. Ist okay, sagte ich, du hast es gut gemeint. Ich habe jahrelang nicht mehr daran gedacht, hatte längst alles losgelassen, aber jetzt ist alles wieder da, geradezu gegenwärtig. Ich weiß nicht, ob du das gewollt hast. Und aufgeräumt ist gar nichts.

Lisa seufzte, stand auf, ich lasse dich jetzt allein, ich warte unten auf dich.

Ich beeilte mich nicht mit der Toilette, soll sie doch warten, dachte ich, ihre Nachsicht, ihre Geduld, ihr Zurückweichen reizten mich.

Als ich hinunterkam, war der Tisch leergeräumt, nur für mich war gedeckt. Wie in einem Hotel, dachte ich. Lisa war nicht zu sehen, aber ich fand alles, Semmeln, Wurst, Käse, ein Ei, Marmelade, Kaffee in der Thermoskanne und ein Kännchen Milch, Zucker, Salz.

Als ich mich setzte, kam Lisa zur Tür herein, entschuldige, sagte sie etwas außer Atem, Mutters Verleger hat gerade angerufen, gefragt, wie es ihr geht und ob sie von ihrer Krankheit etwas in die Zeitung geben dürften.

Um Gottes willen, sagte ich, bloß nicht.

Habe ich ihm auch gesagt, aber ist nett, daß er überhaupt fragt.

Wahrscheinlich werden schon Nachrufe geschrieben, dachte ich grimmig.

Hast du alles? Vielleicht noch Honig?

Nein, nein, danke, ich bin es nicht gewöhnt, so bedient zu werden.

Laß es dir schmecken, ich bin gleich wieder da, muß noch rasch zu den Nachbarn. Sie kümmern sich um die Buben, wenn sie aus der Schule kommen.

Es war inzwischen neun Uhr geworden, eigentlich hatten wir um diese Zeit schon im Krankenhaus sein wollen. Durch die großen Glasfenster schien die Sonne, ein schöner Sommertag, ein Ausblick ins Grüne, ein gepflegter Garten, hochgewachsene Birken, eine Linde, Sträucher. Lisa hatte zu tun, das alles instand zu halten, sie hatte ihren Beruf als Volksschullehrerin aufgegeben, sie zog jetzt ihre eigenen Kinder und die Pflanzen groß.

Es dauerte, bis Lisa zurückkam, ich hatte fertig gefrühstückt und den Tisch abgeräumt, den Geschirrspüler eingeräumt. Endlich kam sie, etwas außer Atem. So, jetzt müssen wir aber wirklich, Mutter wird schon warten.

Lisa kannte den Weg, sie lief in einer rätselhaften Eile vor mir her. Hinein in den Fahrstuhl, heraus, Gänge mit grünlichen Bodenbelägen entlang. Krankenschwestern kamen uns entgegen, auch einige Ärzte.

Hör mal, Lisa, sagte ich in ihren Rücken hinein, wir wollten doch mit einem Arzt sprechen, vorher, meine ich, Dr. Bartenstein sagtest du.

Sie ging weiter, schaute auf ihre Armbanduhr, jetzt ist es zu spät, den kann man nur bis neun Uhr sprechen, um diese Zeit operiert er schon.

Am Ende eines langen Flures blieb Lisa stehen, klingelte, die Tür öffnete sich, eine Schwester kam heraus, begrüßte Lisa, ließ uns eintreten, führte uns durch eine Schleuse, in der wir keimfrei gemacht wurden, und reichte uns zwei hellgrüne Spitalskittel und einen Mundschutz.

Das ist meine Schwester, kommt direkt aus Rom. Xenia, das ist Schwester Ursel.

Schwester Ursel öffnete, als wir uns angekleidet hatten, eine Glastür. Bevor ich meine Mutter sah, hörte ich die Geräusche, ein Knattern, ein Schnarchen, ein Klopfen, ein Ticken, ein Pochen, ein Piepsen, darauf war ich nicht vorbereitet. Es hörte sich an, als beträten wir einen Raum, in dem Handwerker zugange waren. Ich hatte mir manchmal, nicht sehr oft, meine Mutter im Koma vorzustellen versucht, hatte sie immer in einer großen Stille liegend vor mir gesehen, ausgezehrt, bis zur Unkenntlichkeit abgemagert, war auf ein hohlwangiges Gesicht vorbereitet, auf ein spitzes Kinn und eingefallene Augenhöhlen. Zunächst sah ich nur Geräte, Monitore, auf denen grünblinkende Linien liefen und zuckten, Pumpen und Schläuche. Die Schläuche führten in den Körper meiner Mutter. Lisa trat an das Bett heran.

Sie hat den Kopf immer zur Seite gedreht, immer auf dieser Seite, sagte sie. Dann strich sie zart über ihre Wangen, Mutter, ich bin da, stell dir vor, ich komme mit Xenia, mit Xenia, deine Tochter. Sie ist extra aus Rom gekommen, sie hat dort eine Ausstellung, sie wird berühmt, stell dir vor, ihre Bilder werden in Rom gezeigt.

Ich sagte, ach laß!

Komm doch! sagte Lisa, du mußt sie begrüßen.

Ich trat näher, hatte Angst, daß mir die Knie versagten. Lisa ging zur Seite, setzte sich auf einen Stuhl, lächelte mich aufmunternd an. Meine Mutter lag auf dem Rücken, sie hatte das Gesicht zur Seite gedreht und die Augen geschlossen.

Sie hat seit ein paar Tagen die Augen immer geschlossen, wenn du ein paar Tage früher gekommen wärst, hättest du ihr noch in die Augen schauen können.

Statt dessen schaute ich entsetzt auf die vielen Kanülen, die ihr förmlich aus dem Körper wuchsen, auch aus ihrem Hals bog sich ein Rohr, es bewegte sich rhythmisch. Sie war mit einem kurzen Flügelhemd bekleidet, das ihre Blößen notdürftig bedeckte.

Setz dich, sagte Lisa, setz dich zu ihr, hier ist noch ein Stuhl.

Ich setzte mich und versuchte, im Gesicht der Bewußtlosen meine Mutter zu entdecken. Was ich befürchtet hatte, was ich am meisten befürchtet hatte, daß meine Mutter, entstellt und ausgemergelt, nicht mehr zu erkennen sein würde, war nicht eingetreten. Aber das Wiedererkennen war noch viel entsetzlicher. Da lag dieser Körper, der immer noch warm war, wärmer als meine Hände, das vertraute Gesicht, schöner, als ich es in Erinnerung hatte, in seiner Unbeweglichkeit, die Falten, die ich an der Vierundsechzigjährigen gekannt hatte, waren verschwunden. Da lag ein junges Mädchen, ein Schneewittchen, das sich an einem giftigen Apfel verschluckt hatte, das von einem Prinzen wachgeküßt werden würde, und wir waren nur die hilflosen Zwerge, die sie bewachten. Auch das grelle Licht der Neonröhren entdeckte keine Runzeln in ihrem Gesicht, es betonte nur ihre Blässe, so weiß wie Schnee. Ich legte vorsichtig meine Handflächen auf ihre Wange, wie warm sie sich anfühlte, nahm ihr Gesicht in beide Hände, es ließ sich drehen, drehte es herum, sodaß es gegen die Decke schaute, ließ es los, ganz, ganz langsam fiel es wieder zur Seite, wie von einem geheimen Mechanismus bewegt. Am liebsten hätte ich diese unendlich langsame Bewegung ihres Kopfes immer wieder hervorgerufen, die einzige Bewegung, die ihrem Körper abzugewinnen war. Die Arme lagen seitlich ausgestreckt, auch aus ihnen wuchsen Kanülen wie Luftwurzeln, die Hände mit den Handrücken nach oben.

So liegt sie immer, immer mit den Handrücken nach oben, sagte Lisa.

Ich nahm eine ihrer Hände, hob sie an, ließ sie los, sie fiel wieder zurück auf das Bett. Ich glaube, das hätte sie nie gewollt, so dazuliegen, so angestarrt zu werden, stammelte ich, so hilflos, nackt …

Ja, sagte Lisa, wer will das schon. Sie tauschte mit mir den Platz, stand nun nahe am Kopf der Mutter, öffnete ein kleines Köfferchen, entnahm ihm einen Lippenstift, nahm Mutters Gesicht in ihre Hände und begann, ihr die Lippen zu schminken.

Was machst du da? fragte ich entsetzt.

Ich mache, was sie sich wünschen würde, ich mache sie schön, sagte Lisa.

Sie ist schön.

Ich mache sie schöner, sagte sie und legte Rouge auf, zog Mutters Augenbrauen nach. Dann hob sie den Kopf an und frisierte die dunkelbraunen schulterlangen Haare, mit denen meine Mutter ihre hochgesteckten Frisuren baute, sie liebte hochgesteckte Rollen und Knoten. Dann betrachtete Lisa ihr Werk und sagte, das hätte sie gewollt.

Mutter sah nun mit ihren dunklen Haaren, ihrer weißen Haut und den roten Lippen tatsächlich wie ein Schneewittchen aus. Als sie die Augen noch offenhalten konnte und sich ihre Pupillen noch langsam bewegten, habe ich ihr auch Lidschatten aufgelegt.

Du bist verrückt, sagte ich.

Du verstehst das nicht, sagte Lisa, schluchzte kurz auf. Du verstehst das nicht, wie mich das tröstet. Ich sehe sie dann wieder vor mir, wie sie war, bevor sie vor meinen Augen zusammengebrochen ist. Sie ist ja vor meinen Augen zusammengebrochen, nach einer Lesung. Der Saal war gerammelt voll, sicher an die zweihundert Leute waren gekommen, brach zusammen, als sie aufstand und die paar Stufen herunterkommen wollte, stürzte über die Stufen. Es war entsetzlich. Ich möchte sie wieder so sehen, wie sie ausgesehen hat, bevor – Bevor ich gehe, schminke ich sie wieder ab, und wenn ich wiederkomme, dann schminke ich sie wieder. Das habe ich jeden Tag so gemacht und dabei habe ich ihr immer erzählt. Der Arzt sagt, das bekommt sie mit, damit kann ich sie zurückholen.

Ich schob meinen Stuhl auf die andere Seite des Bettes, von der ich nur die abgewandte Seite ihres Gesichtes sehen konnte, ich ertrug den Anblick meiner geschminkten Mutter nicht mehr. Lisa streichelte nun ihre Arme. Ich sah Mutters Hinterkopf, den Hals, hörte das Rattern und Piepsen der Geräte, beobachtete die Monitore, von denen sich Herzfrequenz, Blutdruck, Körpertemperatur, Puls, die Atemfrequenz in Linien, Zacken und Zahlen ablesen ließen. Das alles sagte mir nichts, außer dass meine Mutter zwar nicht mehr am Leben war, aber doch noch nicht gestorben.

In gewissen Abständen steckte eine Schwester den Kopf zur Tür herein, warf einen kurzen Blick auf die Patientin und einen längeren auf die Monitore und verschwand wieder lautlos.

Das weiße Hemd, das man Mutter wie eine Schürze übergeworfen hatte, reichte ihr bis knapp über die Knie. Ihre Unterschenkel waren übersät von Besenreisern und Hämatomen. Ich wunderte mich, daß meine eitle Mutter sich die geplatzten Äderchen nicht hatte entfernen lassen, weg*lasern*. Diese unschönen, ihre wohlgeformten Beine verunstaltenden blauroten, sich verzweigenden Adern, es paßte nicht zu ihr. Das zu sehen war mir peinlich, beinahe schämte ich mich, diesen Mangel an ihr entdecken zu müssen. Ich hätte am liebsten ein Tuch darübergebreitet.

Lisa war mit dem Schminken fertig. Sie drehte das Gesicht der Mutter zu mir her. Was sagst du nun? Schön, nicht? Ich wandte meine Augen ab, schaute wieder auf ihre blaugefleckten Beine.

Ich weiß, sie will, daß ich sie zurechtmache, ich spüre es, sagte Lisa. Es ist wie ein Auftrag, den sie mir jeden Tag aufs neue gibt. Wenn ich komme, sie begrüße, sie streichle, weiß ich es. Ich schwieg. Du sagst gar nichts? Ich weiß es einfach, das mußt du mir glauben, ich weiß, daß sie zurechtgemacht werden will. Das ist ihr Schminkkästchen, das sind ihre eigenen Sachen.

Als ob das ein Argument ist, dachte ich. Lisa sah mich unsicher und zustimmungsheischend an. Ich sah in Mutters geschminktes Gesicht, auf die roten Lippen, das bräunliche Make-up, das von der Blässe der Haut abstach, sah die zu schmalen Schlitzen verengten Augen, durch die das Weiße des Augapfels durchschimmerte wie abnehmende Monde.

Die Beine, hast du nie an die Beine gedacht?

Lisa blickte mich überrascht an. Die Beine? Ja,

du hast recht, vielleicht Franzbranntwein oder eine Roßkastaniensalbe? Ich werde etwas mitbringen, morgen habe ich das dabei.

Ich hatte plötzlich ein heftiges Bedürfnis, Mutters Beine einzucremen. Eine Körpermilch, hast du denn so etwas nicht dabei? Fürs erste, meine ich.

Lisa kramte in dem Köfferchen, reichte mir schließlich eine Tube mit einer Body-Lotion. Damit begann ich Mutters Beine einzureiben. Ich zog den Kittel etwas höher, massierte die Oberschenkel, die Knie, die Waden und die Füße. Ich hatte das Gefühl, Mutters Lebensgeister wecken zu können, das glaubte ich tatsächlich, als ich ihre Beine bearbeitete. Lisa kommentierte mein Tun, sie sprach mit der Patientin, das tut dir doch gut, nicht wahr? Xenia ist extra aus Rom gekommen, um dir die Beine zu massieren, und ich habe dich schön gemacht.

Ich sagte, ach, hör doch auf! Sie kriegt doch nichts mit.

Da irrst du dich aber, sagte Lisa streng, Koma-Patienten hören alles. Menschen hören noch, wenn der Tod schon eingetreten ist, das Gehör ist danach noch bis zu einer halben Stunde intakt. Das sind neueste Erkenntnisse.

Die Body-Lotion hatte einen aufdringlich süßlichen Geruch. Er paßte nicht zu meiner Mutter.

Der Arzt sagt das auch, man soll mit ihr sprechen, unbedingt, sagte Lisa, vertraute Stimmen könnten sie aus dem Koma zurückholen, behauptet der Arzt, das sei schon oft vorgekommen. Erst vor einer Woche ist das passiert, im Nebenzimmer. Ein junger Mann, der lag drei Monate im tiefen Koma, seine Verlobte und seine Mutter sind jeden Tag bei ihm gewesen und haben ihm erzählt. Auf einmal hat er die Augen aufgeschlagen.

Gut, sagte ich, ich will es mir merken.

Gegen Mittag gingen wir in die Spitalscafeteria, um eine Suppe zu essen. Lisa wirkte blaß und erschöpft. Was sagst du nun? fragte sie mich, als ich die Suppentasse vor sie hinstellte. Ich finde, daß Mutter heute etwas besser aussieht als vorige Woche. Dann stützte sie den Kopf in ihre Hände und starrte auf ihren Suppenteller.

Ich möchte einen Arzt sprechen, sagte ich. Du wirkst erschöpft, laß mich morgen allein bei Mutter sein, dazu bin ich ja gekommen.

Sie nickte und begann ihre Suppe zu löffeln. Ich merkte, daß sie Tränen unterdrückte, und auch ich war nahe daran, loszuweinen. Aber wir schluckten unsere Tränen mit der Suppe hinunter. Wahrscheinlich fühlte auch meine Schwester, daß es bald eine bessere Gelegenheit geben würde, zu weinen. Die Nerven, sagte Lisa. Neulich rief mich einer von der Presse an, fragte, wie es Mutter gehe, ob er mir einige Fragen stellen dürfe, er habe den Auftrag, einen Nachruf zu schreiben. Als ich stumm blieb, sagte er noch, fürs Archiv, für alle Fälle. Ich sagte, daß ich für keine Fragen zur Verfügung stehe, daß meine Mutter noch lebe und ihm seine Fragen bald selbst werde beantworten können.

Ach, Lisa, sagte ich und faßte ihre Hand.

Das glaubst du doch auch? fragte sie.

Ich habe in Rom gelernt, an Wunder zu glauben, sagte ich. Lisa entzog mir ihre Hand.

Ich habe ihr noch so viel zu sagen, so viel zu fragen, sagte Lisa, ich dachte, dafür wäre noch Zeit.

Ja, sagte ich.

Als wir in die Intensivstation zurückgingen, begegnete uns ein Mann in einem weißen Mantel, er hatte ein Stethoskop umgehängt. Ein Arzt, sagte ich zu Lisa. Das ist nicht der richtige, antwortete Lisa und wir gingen an ihm vorüber. Eigentlich weiß nur Dr. Bartenstein genau Bescheid. Außerdem hat es wenig Sinn zu fragen, es hat sich nichts verändert.

Es beschlich mich der Verdacht, Lisa wollte nichts mehr wissen, sie hatte sich in ihrer Hoffnung verschanzt wie in einer Burg.

Mutter lag unverändert inmitten der ratternden, klopfenden, piepsenden Geräte, das geschminkte Gesicht zur Seite gedreht. Ich bemerkte, daß Lisa einen unruhigen Blick auf die Monitore warf, sich dann gleich wieder Mutter zuwandte und anfing, ihr von Martin und Michael zu erzählen, von ihren Lehrern, ihren Schulaufgaben, ihren Leistungen. Sie erzählte von ihrem Mann, daß Walter als Bauingenieur beim Bauamt der Landesregierung viel zu tun habe. Dann erzählte sie, welche Bücher sie in letzter Zeit gelesen habe, besonders die Bestseller erwähnte sie, und daß sie ihr allesamt wenig gefallen hatten, daß sie seicht seien und wahrscheinlich bald vergessen sein würden; aber auch, daß sich Mutters letzter Roman sehr gut verkaufe, sie habe den Buchhändler gefragt, er sei sehr zufrieden. Ich hörte zu und erfuhr dabei eine Menge aus Lisas Leben. Später kam sie wieder auf mich zu sprechen, daß ich extra ihretwegen aus Rom zurückgekommen sei, wie berühmt ich werden würde und wie stolz sie alle auf mich sein könnten. Ach, laß doch, wehrte ich müde ab. Ich beobachtete die Patientin, die keinen Muskel rührte, nicht einen einzigen, nicht einmal ein Lidzucken konnte ich wahrnehmen. Ich nahm Lisas Hand, sie lächelte mich an und fuhr fort, auf die Bewegungslose einzureden. Schließlich zog sie einen Zeitungsausschnitt hervor, es war eine Besprechung von Mutters letztem Roman, der Rezensent lobte Mutters glasklare Sprache, ihren Humor, die komplexe Konstruktion, die Spannung und gab am Schluß eine deutliche Lese- und Kaufempfehlung. Die Besprechung war vor drei Monaten erschienen, aber Lisa las sie Mutter jeden Tag vor. Auch eine andere, einen Totalverriß eines ihrer bestgehaßten Konkurrenten, trug sie vor. *Das überflüssigste Buch der Saison*, rief sie, schreibt der Rezensent.

Es war vier Uhr am Nachmittag, als Lisa sich entschloß zu gehen. Zuvor war noch eine Krankenschwester erschienen, die die Monitore kontrollierte, die Mutters Vitalfunktionen überwachten. Lisa reinigte Mutters Gesicht von der Schminke. Durch das Herumreiben mit dem Wattepad hatte sich ihre

Haut gerötet und bekam ihr Gesicht ein so frisches Aussehen, daß ich beinahe wieder zu hoffen wagte.

Wir zogen in der Schleuse unsere Mäntel aus, gaben den Mundschutz ab. Auf der Heimfahrt in Lisas kleinem Toyota schwiegen wir, ich war Lisa dankbar für dieses Schweigen. Endlich Stille, dachte ich. Den ganzen Tag hatte ich unter den Geräuschen der Meßgeräte und der Pumpen gelitten, auch unter dem Redefluß meiner Schwester.

Es wurde dann noch ein beinahe unbeschwerter Abend mit den Kindern. Über Mutters Zustand wurde nicht gesprochen. Martin hatte eine gute Note auf ein Deutschreferat bekommen und Michael hatte im Turnunterricht den Lehrer und seine Mitschüler mit seinen perfekten Salti zum Staunen gebracht. Ich sah, wie Walter manchmal einen besorgten Blick auf Lisas abgespanntes Gesicht warf, aber auch er gab sich heiter und war seinen Kindern ein aufmerksamer Zuhörer. Das Leben ging weiter, es war gut, das nach den Stunden bei der Koma-Patientin zu sehen, die jungen, munteren Gesichter, in denen Zukunft zu lesen war.

Am nächsten Morgen wachte ich rechtzeitig auf, frühstückte mit der ganzen Familie, erlebte die Geschäftigkeit, das Jausenbrotpacken, die letzten Ermahnungen der Mutter und ich erinnerte mich plötzlich an meine Schulzeit, als uns Mutter fürsorglich in die Schule verabschiedete. Da war doch einmal etwas gut gewesen. Lisa strich ihren Söhnen über den Kopf, so wie uns Mutter zum Abschied gestreichelt hatte, es war fast wie ein mütterlicher Segen gewesen.

Ich fuhr allein in die Klinik, nahm den Bus an der nahen Haltestelle. Das Wetter hatte sich eingetrübt, wahrscheinlich würde es zu regnen beginnen, Lisa hatte mir einen Regenschirm aufgedrängt. Als ich mich vom Bus durch die Stadt schaukeln ließ, den vertrauten Dialekt hörte, den ich längst nicht mehr sprach, dachte ich an das Atelier in Rom, an meine Bilder, die dort standen und bald im Kulturinstitut hängen und dem Publikum präsentiert werden würden, dachte an Amadeus und Lilo, vor allem an Amadeus, und wünschte mich weg von hier. Panik befiel mich, als wäre ich für den Rest meines Lebens hierher verbannt, nach Linz, womöglich auf den Bauernberg, von dem aus ich eine schöne Aussicht auf die Stadt hatte, im Garten meiner Schwester sitzend und ihre Rosenstöcke beschneidend oder mit den Kindern Schulaufgaben lösend. Das Leben hier schien mir plötzlich mehr Realität zu besitzen als mein Aufenthalt in Rom, der womöglich nur ein Traum gewesen war, der nun zerplatzte wie die bekannte Seifenblase, eine der schillernden Seifenblasen, die ich als Kind in die Luft geblasen hatte, um ihnen sehnsüchtig hinterherzustarren, wie einer rätselhaften Verheißung.

Die Krankenschwester überreichte mir Kittel und Mundschutz, Dr. Bartenstein würde in zwei Stunden zu sprechen sein, er würde sich bei mir melden. Heute war ich also allein mit dem Körper meiner Mutter, die Krankenschwester war vor mir in das Zimmer getreten, hatte einen kurzen Blick auf die Patientin und einen längeren auf die Apparate geworfen und war mit einem freundlichen Kopfnicken hinter der Tür verschwunden. Das Klappern und Dröhnen und Klopfen der Geräte schien mir lauter als gestern und es schien, als wäre ich ihnen ausgeliefert und nicht der leblose Körper. Ich setzte mich an das Bett, nahm Mutters Hand, die sich heute fiebrig anfühlte, ich beugte mich über sie und drückte sie mir an die Wange, sie war heiß. Lisa hatte mir aufgetragen, mit ihr zu sprechen. Erzähl ihr einfach, wie es dir geht, was du machst. Etwas Positives, unbedingt positiv, das hat auch der Arzt gesagt, und daß du dich freust, sie wiederzusehen. Das hatte meine Schwester tatsächlich vorgeschlagen, ich soll diesem stummen Körper sagen, daß ich mich freue, ihn wiederzusehen. Du mußt dir vorstellen, daß sie dich hören kann, das kann man sich doch vorstellen. Ich bin mir sogar sicher, daß sie mich versteht, ich rede mit ihr und stelle mir dann ihre Antworten vor. Ich kenne Mutter sehr gut und kann mir ihre Antworten denken, so kann ich mir tatsächlich ausmalen, ich würde ein Gespräch mit ihr führen. Das hat etwas Tröstliches für mich und sicher auch für sie. Ich sagte zu Lisa, du hast Mutter besser gekannt, ich war erst elfeinhalb, als sie uns verließ, und als ich wieder zu ihr kam, zu ihr mußte, war ich mehr als vier Jahre älter. Sie ist mir in der Zwischenzeit fremd geworden, nicht nur, weil sie zu einer erfolgreichen Schriftstellerin geworden war, sondern auch, weil ich eine andere war, ich war erwachsen. Auch als ich bei ihr lebte, war ich viel allein, sie war viel unterwegs oder saß in ihrem Arbeitszimmer und durfte nicht gestört werden. Doch immerhin, es war für mich gesorgt und mit ihrem neuen Mann verstand ich mich gut, er interessierte sich für mich, auch er hielt mich für begabt. Aber es gab keine Annäherung mehr, wir waren und blieben uns fremd, erzählte ich Lisa. Ich weiß, sagte Lisa, daß Mutter darunter litt, sie hat es mir erzählt. Sie durfte dich nicht einmal berühren, da bist du zurückgezuckt oder du hast geschrien, darunter hat sie gelitten. Manchmal kommt mir vor, so sagte sie bei einem ihrer Besuche, als würde Xenia mich hassen. Und als ich ihr das ausreden wollte, sagte sie nur, ich weiß, ich habe ihr zuviel angetan.

An dieses Gespräch dachte ich nun und ich schaute auf das vertraute Gesicht mit den geschlossenen Augen und ich wußte, daß nun nichts mehr gutgemacht werden konnte. Ich versuchte zu sprechen, Mutter, wollte ich sagen, vielleicht hörst du mich, ich liebe dich doch, ich habe dich doch immer lieb gehabt. Mutter, begann ich, hörte ich mich, fremd klang das Wort hinein in den Lärm der Geräte, aber weiter konnte ich nicht sprechen. Meine Stimme tönte falsch, sodaß mir vor ihr graute. Das Wort *Mutter* verlor seine Bedeutung, es waren nur noch unpassende Silben, nicht mehr. Lisa hatte mir Mutters Schminkzeug mitgegeben. Wenn du sie schminkst, fühlst du, wieviel Leben noch in ihr ist, dann beginnst du ganz fest daran zu glauben, daß sie wieder erwachen wird. Ich öffnete das Köfferchen, sah die Tuben, die Stifte, die Döschen, fein säuberlich geordnet, blickte dann in das stille, schöne, unbewegte Gesicht und klappte den Deckel wieder zu. Dann nahm ich meinen Zeichenblock und meine Bleistifte und begann zu zeichnen. Darüber vergaß ich die Zeit. Erst als der Arzt vor mir stand, legte ich die Blätter zur Seite, schob sie rasch übereinander, war erschrocken, fühlte mich ertappt. Er reichte mir die Hand, Sie wollten mich sprechen, warf einen Blick auf meine Mutter und einen längeren auf die Monitore, mit einem ähnlich ungerührten Gesichtsausdruck, wie ich ihn auch an der Stationsschwester wahrgenommen hatte.

Meine Schwester hat noch Hoffnung, sagte ich.

Ja, ich weiß, sagte der Arzt, was wollen Sie hören?

Ich frage Sie als Arzt, nicht als Märchenerzähler, sagte ich fest.

Der Arzt führte mich in sein Sprechzimmer, dort erklärte er mir, daß bei meiner Mutter in den nächsten Tagen ein totales Organversagen zu erwarten sei, ihre Organe, die Lunge, die Leber, die Nieren, seien die Organe einer neunzigjährigen Frau. Die Vitalfunktionen würden von Tag zu Tag, das sei zu beobachten, von Stunde zu Stunde schwächer, an ein Erwachen, wie es meine Schwester immer noch erwarte, sagte der Arzt, sei nicht zu denken. Sobald der Gehirntod eingetreten sei, sagte der Arzt, würden auch die übrigen Geräte abgestellt.

Ich schwieg und merkte, daß ich auf meine Hände starrte und an meinem Daumennagel Risse entdeckte. Ich mußte Lisa fragen, ob sie mir eine Nagelfeile leihen könne, ich hatte, wie ich mich plötzlich zu erinnern glaubte, keine dabei.

Es tut mir leid, hörte ich den Arzt sagen, daß ich Ihnen nichts Erfreulicheres sagen kann.

Ich danke Ihnen, sagte ich, stand auf, wischte meine feuchten Handflächen an dem Kittel ab, danke für Ihre offenen Worte, nun wissen wir, woran wir sind.

Ich gab ihm die Hand, versuchte ein Lächeln, er lächelte zurück, mitfühlend, wie mir schien. Dr. Bartenstein war ein junger, gutaussehender Arzt, sich in Ärzte zu verlieben fiel leicht, dachte ich. Das war die Aura, die sie umgab. Der weiße Kittel und die Aura, im Jogginganzug würde er schon weniger hermachen. Er begleitete mich zurück in die Intensivstation, ans Bett meiner Mutter, wies auf die Monitore, erklärte mir die immer flacher werdenden Kurven und auch die Zahlen signalisierten dem Mediziner den baldigen Exitus. Dann ließ er mich allein, nicht ohne mir vorher zu versichern, daß man nur in unserem Beisein die Geräte abstellen würde, sollten wir, meine Schwester und ich, darauf Wert legen. Ich sagte, daß wir gewiß darauf Wert legten, was hätte ich sonst sagen sollen?

Ich setzte mich wieder ans Bett, aber ich zeichnete nicht mehr, sondern hielt Mutters Hand, war irritiert von ihrer Wärme, die, wie ich wußte, nur den Maschinen zu danken war. Ich nahm ihr Gesicht in meine Hände, die kalt geworden waren, sodaß ich sie an ihrem Gesicht wärmen konnte. Wenn du früher gekommen wärst, sagte Lisa, dann hättest du noch ihre Augen gesehen, sie hatte die Augen geöffnet und es schien, als suchte sie damit jemanden. Ihre schönen, großen, braunen Augen, sie irrten im Raum umher, manchmal fiel ihr Blick auf mich und ich versuchte, ihn festzuhalten, aber es gelang mir nicht.

Ich weiß nicht, ob das etwas geändert hätte, dachte ich, als ich auf Mutters geschlossene Lider sah und eine wehe Zärtlichkeit empfand, die zu spät kam. Die Liebkosung konnte sie nicht mehr erreichen, sie tat nur noch mir weh. Das Versäumte, das Ungetane, das Ungesagte, es stieg herauf und entfaltete sich in meiner Erinnerung.

Ich begann wieder zu zeichnen. Um vier Uhr kam Lisa, um mich abzuholen.

Du hast sie nicht geschminkt? fragte sie.

Nein, sagte ich, ich habe sie gezeichnet.

Lisa seufzte. Wie geht es ihr? fragte sie mich und in einem Atemzug, wie geht es dir, Mutter? Schön siehst du aus. Lisa hat dich gezeichnet, sie ist eine Künstlerin.

Bitte, sagte ich, bitte, hör auf, ich kann das nicht ertragen.

Lisa sah mich traurig an und schüttelte den Kopf. Sie verstand mich nicht, wir verstanden einander nicht, auch das tat weh.

Auf der Heimfahrt sprachen wir kein Wort. Lisa fuhr unkonzentriert, sie betätigte den Ganghebel mit einer Heftigkeit, daß das Getriebe knirschte. Als wir angekommen waren, hatte sie sich schon wieder in der Gewalt. Ich war müde und zog mich in mein Zimmer zurück, legte mich auf das Bett. Ich mußte wohl eingeschlafen sein, denn ich erwachte, als Michael kam, um mich zum Abendessen zu rufen. Der Tisch war gedeckt, Lisa war die perfekte Hausfrau und Mutter, schon wieder heiter und beherrscht, nur die schwarzen Ringe unter ihren Augen verrieten, daß sie erschöpft war, sich nicht hingelegt, nicht geschlafen hatte.

Walter war schweigsam, schaute gelegentlich besorgt nach Lisa, die seinem Blick auswich. Im übrigen spielten die Kinder die Hauptrolle, sie erzählten aus der Schule, mühsam konzentrierte ich mich auf ihre Probleme. Martin hatte wieder eine gute Note in Mathematik vorzuweisen und auch Michael war irgend etwas geglückt. Schließlich wurden die Buben von Walter zu Bett gebracht, Lisa und ich räumten den Tisch ab, als wir damit fertig waren, kam auch Walter wieder und wir setzten uns.

Ich habe heute mit Dr. Bartenstein gesprochen, sagte ich.

Ja? sagte Lisa.

Und? sagte Walter.

Plötzlich versagte mir die Stimme, ich senkte den Kopf, sagte mit einer hilflosen Geste: Aus.

Was heißt das, schrie Lisa, aus! Was soll das heißen? So kann man doch nicht –

Lisa, mahnte Walter.

Ich war nun wieder gefaßt, Lisas Ausbruch hatte mir meine Haltung wiedergegeben. Nun konnte ich sachlich berichten, was ich vom Arzt erfahren hatte.

Das glaube ich nicht, sagte Lisa heftig, sie geben sie zu rasch verloren, ich nehme sie mit zu mir, ich kriege sie schon wieder –

Walter und ich schwiegen. Dann klingelte das Telefon. Walter hob ab. Für dich, sagte er.

Es war Magister Maderthaner aus Rom, ich hatte ihm die Telefonnummer gegeben. Eine erfreuliche Nachricht, sagte er, die wollte ich Ihnen doch nicht vorenthalten. Umberto Tossi, der Galerist, er sagte, er kenne Sie, hat sich in der Tor Millina Ihre Bilder angeschaut, er will Sie in seiner Galerie ausstellen. Auf zwei davon will er sich eine Kaufoption geben lassen. Ich erwarte Sie in vier Tagen zurück, die Zeit drängt.

Ja, ich verstehe, ich komme.

Noch schöne Tage, sagte er, arrivederci.

Arrivederci, sagte ich.

Mein Kurator in Rom, sagte ich und ich hätte vor Freude am liebsten einen Luftsprung gemacht.

Walter und Lisa saßen inzwischen engumschlungen auf der Couch, Walter strich ihr beruhigend über den Kopf. Ich setzte mich in den Polstersessel neben sie.

Gute Nachrichten? fragte Walter.

Ja, sagte ich und schämte mich beinahe, das zugeben zu müssen.

Lisa zerknüllte ein Taschentuch in ihrer Faust. Ich komme morgen mit, sagte sie, und Walter nickte. Man muß mit ihr reden, verstehst du?

Aber die Organe, Lisa, die Nieren, die Leber, das Herz! Die kannst du mit deinen Erzählungen doch nicht in Gang bringen. Der Arzt sagt –

Ja, ja, ich weiß, was der Arzt sagt, aber er kann mich nicht zwingen, die Hoffnung aufzugeben. Du wirst sehen, morgen, wenn wir beide zu ihr gehen, wenn wir sie streicheln, wenn wir ihr sagen, wie sehr wir sie lieben, dann wird sie wieder zurückkommen. Erst vor zwei Wochen ist ein junger Mann, den sie schon aufgegeben hatten, plötzlich wieder erwacht. Es war ein Wunder!

Alma fiel mir ein, wie sie mich die Legende von der hl. Cäcilia glauben machen wollte. Ja, sagte ich laut, man muß glauben.

Lisa lächelte mich an, ergriff meine Hand. Nicht wahr? sagte sie.

In der Nacht wurde ich von den widerstreitendsten Gefühlen gequält. Wenn ich an den Anruf aus Rom dachte, wurde alles froh und weit in mir, bis das Bild meiner bewußtlosen Mutter in mir heraufstieg, ihre schmale, regungslos hingestreckte Gestalt, der Körper, aus dem Drähte, Kanülen und

Schläuche ragten und die ein fast vegetatives Dasein führten, diese entsetzliche Blässe, die schon die Farbe der Toten vorwegnahm. Daß sie bald tot sein würde, unwiderruflich tot, kalt und blaß, und daß es mir nicht gelungen war, etwas zwischen uns aufzulösen, vernichtete die Freude an der Nachricht aus Rom. Doch bald verschwand das Bild der Mutter und ich stellte mir meine Bilder in der Galerie Tossi vor und daß ich mir ein schickes Kleid kaufen müßte und elegante Schuhe und daß meine Mutter stolz auf mich sein würde, wenn sie davon wissen könnte, und schon hatte sie sich wieder in meine Zukunft gedrängt. Lisa hatte es leichter, bei mir war es das Ungetane, das Unbewältigte, das über den Tod hinausragen würde. Keine Trauer würde mich davon befreien.

Anderntags saßen Lisa und ich bereits um neun Uhr früh an Mutters Bett. Wir waren darauf vorbereitet, den ganzen Tag auszuharren, und Lisa wollte auch die Nacht hier verbringen. Das konnte ich nicht zulassen und ich erklärte mich dazu bereit, auch wenn mir davor graute, mir vorzustellen, eine ganze Nacht den Geräuschen der Maschinen ausgesetzt zu sein, in der Dunkelheit die grünen Bänder auf dem Monitor zucken zu sehen und an der bewegungslosen Gestalt, die nicht leben und nicht sterben konnte, zu wachen. Dennoch, Lisa hatte Familie, hatte Kinder zu versorgen, man erwartete das von mir, ich wußte, Walter erwartete es. Und eigentlich erwartete auch ich es von mir, vielleicht würde ich mich dadurch von meinen Skrupeln befreien können. Lisa konnte es auch heute nicht lassen, Mutter Lippenrot und Wangenrot aufzulegen. In den Lärm der Geräte, das Fauchen der Beatmungsmaschine begann Lisa, mit Mutter zu sprechen. Sie beugte sich ganz nahe an sie heran, als läge es nur an der Schwerhörigkeit der Patientin, daß sie nicht verstand, redete und redete durch den gefältelten Mundschutz, fast ohne Atem zu holen. Ich wärmte inzwischen mit meinen Händen Mutters Füße, massierte ihre Beine. Manchmal versuchte ich, die geschlängelten und gezackten Linien auf den Monitoren zu deuten. Bildete ich mir das ein, sie schienen heute flacher als gestern. Irgendwann kam der Arzt in Begleitung einer Krankenschwester, sie nickten uns kurz zu, der Arzt verharrte länger vor den Monitoren. Lisa war plötzlich verstummt, sie war kreidebleich geworden, der Arzt, der uns den Rücken zeigte, wies auf das EEG, das nur noch eine gerade Linie zeigte. Gehirntod, sagte er. Aber vielleicht sagte er auch, es tut mir leid, bei Ihrer Mutter ist soeben der Gehirntod eingetreten, es ist vorbei, wir schalten nun auch die übrigen Geräte ab. Ich hatte nur *Gehirntod* begriffen und *abschalten*. Er ging an einen der Monitore heran und legte einen Schalter um oder drückte auf einen Knopf und die grünen Wellen, die zuvor immerhin noch gezuckt und geblinkt hatten, waren nur noch eine grüne Linie, und ein durchdringendes Tüüüüt ertönte, während ich über Mutters Beine strich und Lisa ihr

Gesicht streichelte. Das ist der Tod, dachte ich, der Tod ist ein Tüüüt. Und gleich danach eine Stille, sie war schrecklicher als der Lärm. Lisa fuhr auf und schrie, das können Sie doch nicht machen, sprang auf und wollte das Gerät wieder anstellen. Der Arzt legte beschwichtigend den Arm um Lisas Schultern. Alle lebenswichtigen Organe, sagte er, haben versagt, es gibt keine Rettung mehr. Diese Worte beruhigten Lisa ein wenig. Die Krankenschwester und der Arzt entfernten nun die Schläuche und die Kanülen aus dem Körper der Mutter. Lisa begann zu schluchzen, ich hielt sie in den Armen, ich hatte keine Tränen, sah nur mit Grauen, wie die Schläuche aus Mutters Körper entfernt wurden, als würde sie nun zerlegt und anders zusammengesetzt. Lisa wischte den Lippenstift und das Rouge aus Mutters Gesicht. Wir blieben an ihrem Bett, bis wir fühlten, daß der Körper erkaltet war und weggebracht werden musste. Der Arzt fragte uns, ob wir eine Obduktion wünschten, wir verneinten.

Am Tag nachdem wir sie im engsten Familienkreis in der Halle des Krematoriums verabschiedet hatten, fuhr ich zurück nach Rom. Ich war genau sieben Tage weg gewesen.

Evelyn Grill
Vanitas
oder Hofstätters Begierden
Roman

Evelyn Grill entwirft in lapidarem Ton und drastischen Bildern souverän die Szenenfolge eines Lebens, das die Wirklichkeit nur in künstlerischer Bearbeitung gelten lässt. Ein erfrischend kühnes Buch.

Der Spiegel

Der Blick auf eine monströse Ehe in den besten Kreisen: Wir folgen Evelyn Grill gerne in dieses Labyrinth aus Kunst, Dekadenz und geheimen Lüsten.

Ulrich Weinzierl, *Die Welt*

Evelyn Grill ist von einer wüsten Fantasie umgetrieben, die sie tollkühn immer drastischere Wirklichkeitsbilder finden lässt: Diese Autorin soll gepriesen sein, und viele Leser mögen ihr verfallen.

Anton Thuswaldner, *Salzburger Nachrichten*

Evelyn Grill
Der Sammler
Roman

„Der Sammler" eignet sich gut als Einstiegsdroge in das Werk dieser zartbitterbösen Autorin.

FAZ

Grill widmet sich in ihren Romanen und Erzählungen vorzugsweise den abstruseren Seiten menschlicher Existenz, spürt genüsslich bizarren Neigungen und abseitigen Passionen nach. [...] Evelyn Grill erzählt mit Ironie und einem ausgeprägten Sinn für das Groteske, aber auch mit zu viel Milde im Spott.

Der Spiegel

Mit bösem Humor und grossem Tempo zeigt „Der Sammler", wie der Stoffwechsel der Gesellschaft funktioniert und wie auch Geschichte und Geschichten zum Stoff werden.

NZZ

Schon mit ihrem Buch „Vanitas oder Hofstätters Begierden" (2005) hat sich Evelyn Grill in die vorderen Reihen deutschsprachiger Prosaisten geschrieben. „Der Sammler" festigt diesen Ruf und übertrifft ihn. Denn ihr ist nicht mehr und nicht weniger als ein kleines Meisterwerk gelungen.

Die Welt

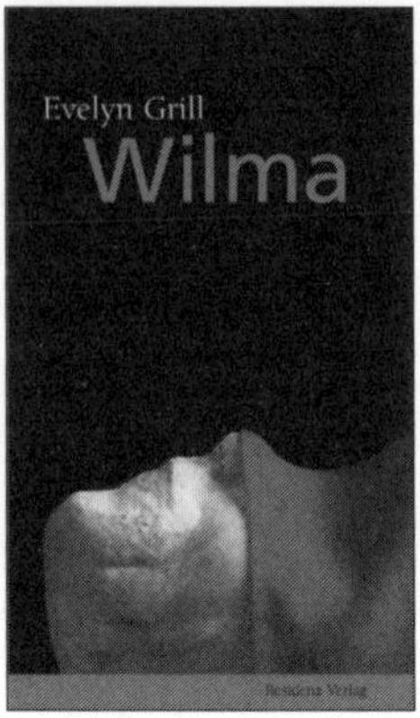

Evelyn Grill
Wilma

Eines der eindrucksvollsten Bücher dieser Saison.
Peter Urban-Halle, Deutschlandradio

Eine beeindruckende Provinzerzählung
NZZ

Grills Alpenwelt strahlt eine Kälte, eine Finsternis aus, die noch einen Thomas Bernhard das Fürchten hätte lehren können.
Daniela Strigl, Der Standard

Meisterhaft erzeugt Grill eine unheilschwangere Atmosphäre, wobei es der scharfen Beobachterin und eleganten Stilistin gelingt, Außenseiterschicksale zu erzählen, ohne auf die Tränendrüse zu drücken.
Falter

Ein kleines starkes Stück Literatur, ohne Trost und ohne Hoffnung.
Badische Zeitung